Das versunkene Dorf im Watt

Tatjana Hetzel

Das versunkene Dorf im Watt

Uthlande-Verlag Nordstrand

Bibliografische Information Der Deutschen Bibliothek:
Die Deutsche Bibliothek verzeichnet diese Publikation
in der Deutschen Nationalbibliografie;
detaillierte bibliografische Daten
sind im Internet über http://dnb.ddb.de abrufbar.

Tatjana Hetzel
Das versunkene Dorf im Watt

S. 5: Insel Strand von Jan Barentz Westerdijk 1634/37:
Archiv der alt-katholischen Pfarrgemeinde Nordstrand

Herstellung: Books on Demand GmbH, Norderstedt

ISBN-10: 3-9810833-3-4
ISBN-13: 978-3-9810833-3-0

www.uthlande-verlag.de

Alle Personen in diesem Buch sind frei erfunden; Ähnlichkeiten mit noch lebenden Personen wären rein zufällig und sind nicht beabsichtigt.

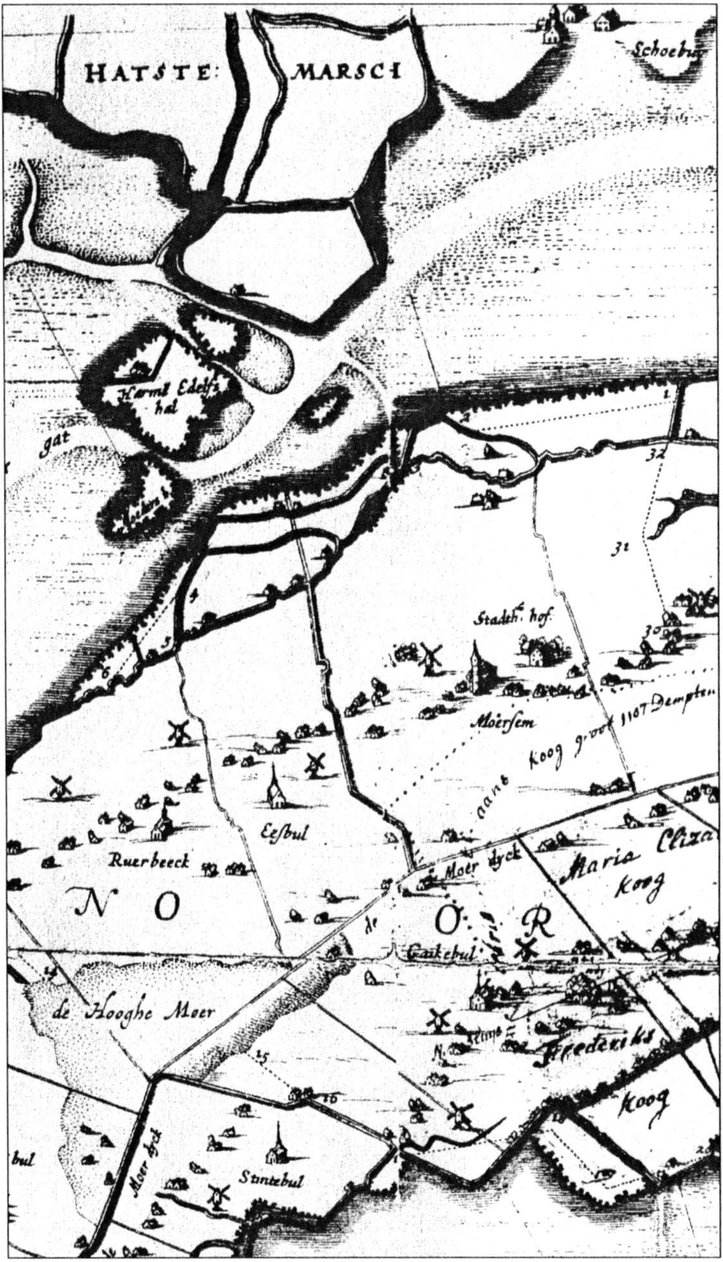
HATSTE: MARSCH
Harml Edelfs hal
gat
Stadeh. hof.
Moërsem
koog groot 1107 Dempten
Eesbul
Ruerbeeck
N O
O R
Moer dyck
Maria Eliza koog
Gaikebul
de Hooghe Moer
Frederiks Koog
Stintebul
Moer dyck

1

Es war wieder ein schönes Fest“, sagte Großmutter, „aber diesmal wird es wohl das letzte Mal für mich gewesen sein.“ „Ach was, Oma“, entgegnete Cornelius, der jüngste Sohn der Familie, „was soll das denn heißen?“ „Die Alten müssen Platz machen für die Jungen, das war schon immer so. In der letzten Zeit träume ich oft von Opa, und im Traum winkt er mir immer zu. Ich glaube, er ruft mich.“ „Das ist doch bloß ein Traum, Mama“, versuchte Brigitte den schrecklichen Gedanken vom Tisch zu wischen. Sie war froh, ihre Mutter noch bei sich zu haben. Sie war zwar keine große Hilfe mehr im Haushalt, aber sie war da, wenn Brigitte sich einmal aussprechen musste. Sie war da, und das war das Wichtigste.

Die Geburtstagsgäste waren abgefahren. Sie hatten noch zusammen zu Mittag gegessen, denn es war reichlich vom Tag zuvor übrig geblieben. Wie immer auf Familienfesten war viel über alte Zeiten geredet worden, über Brigittes Konfirmation damals oder wie schrecklich die Mode in den sechziger Jahren gewesen war. Die Großmutter hatte erzählt, dass es im Krieg schwer gewesen war, ein ordentliches Kleidungsstück zu bekommen oder etwas Gutes zum Essen. Aber damals waren dennoch alle froh gewesen über das Wenige, das es gab. Großmutter hatte sich mächtig über den reichlich gedeckten Tisch zu ihrem achtzigsten Geburtstag gefreut. „Heute kann ja niemand genug bekommen“, meinte eine Tante, „alle denken nur an sich selbst!“ Dabei war sie es gewesen, die sich gestern die besten Kuchenstücke gesichert hatte.

Die meisten Verwandten wohnten in der Umgebung des kleinen friesischen Dorfes, aber einige waren zu Großmutters Ehrentag von weither gekommen. Es gab Tanten und Cousinen, die Cornelius und sein älterer Bruder Christoph noch nie gesehen hatten. Einesteils war es ein ziemliches Durcheinander mit den vielen Betten und den „fremden“ Verwandten, aber andererseits war es spannend, was sie alles erzählten. Natürlich waren auch die Geschenke, die sie mitgebracht hatten, nicht zu verachten. Und nun, nachdem man sich an sie gewöhnt hatte, war es eigentlich ganz schön, dass nicht alle auf einmal fuhren. Tante Eva und Cousine Heide waren noch für ein paar Tage geblieben. Sie wollten sich gerne die Gegend anschauen und Omas Geburtstag mit einem Kurzurlaub verbinden. Sie schliefen oben im Gästezimmer, das zwar nicht besonders groß war mit den schrägen Wänden, aber doch gemütlich. Heide fand es schön, dass sie durch das schräge Fenster den Sternenhimmel über sich sehen konnte. Es waren klare und sonnige Oktobertage.

2

Obwohl alle die letzten Abende viel zu lange aufgeblieben waren und Erinnerungen hatten aufleben lassen, fanden sie auch jetzt nur schwer ein Ende. Diesen zweiten Abend nach dem Geburtstag verbrachten sie jedoch nicht mit der Familiengeschichte, sondern mit Überlegungen, was man hier in der Umgebung Anfang Oktober unternehmen könnte. Aus der Runde kamen Vorschläge wie Noldemuseum, Nissenhaus, Haithabu und Stormhaus. Beim Thema „Stormhaus“ ging ein Ruck durch Tante Eva. Sie und Heide waren aus Berlin angereist und hatten die Nordsee bis jetzt nur im Fernsehen gesehen. Natürlich kannten sie die Novelle vom Schimmelreiter Hauke Haien, die ja Pflichtlektüre in jeder höheren Schule war und ist. Cornelius stöhnte: „Nicht das schon wieder!“ Er wusste, wenn das Thema angeschnitten wurde, war seine Mutter nicht zu bremsen. Er verzog sich daher lieber auf sein Zimmer, um sich an seinen seit drei Tagen vernachlässigten Computer zu setzen.

Unten im Wohnzimmer redeten sie nun über die Deiche, die alten und die neuen, über den Beltringharder Koog, und wie froh die Leute im Dorf waren, als der neue Deich endlich geschlossen wurde. Der alte Deich der Hattstedter Marsch hätte einer schweren Sturmflut kaum noch standgehalten. Er war zu niedrig, zu steil und zu durchbohrt von Mäusen und Ratten. Wäre er gebrochen, wäre die Hattstedter Marsch überflutet worden, ebenso wie der Wobbenbüller Schacht, und wer weiß, was sonst noch alles. Als der neue Deich geplant war, sah man von einer Erneuerung des alten ab. Als Mitteldeich würden seine Dienste noch ausreichen.

„Ich gehe zu Bett“, sagte Großmutter, „es war doch alles ein bisschen viel für mich.“ „Ja, schlaf gut!“ sagten alle wie im Chor,

„und träum' etwas Schönes diesmal!" Der Vater war auf einer Sitzung. Es konnte lange dauern, bis er nach Hause kam. So hatten Brigitte, Eva und Heide Zeit für ihre Pläne.

Brigitte begann wieder zu erzählen: „Schon jetzt ist es unheimlich genug, wenn bei Springflut das Meer seine Wellen über die Straße nach Schobüll schiebt und die Gischt bis an die Apfelbäume von Hans Peters Hof spritzt. Wenn Hein, der bestimmt schon achtzig Jahre auf der Salzen Gräsung wohnt, Schotten vor seine Türen und Tore stellt und Sandsäcke davor legt, weil sein Hof bei Sturmflut immer umspült wird, dann fragt man sich manchmal, warum er das mitmacht, und warum er nicht einfach woanders hinzieht." Sie hielt inne, um die Wirkung ihrer Worte auf den Gesichtern ihrer Schwester und ihrer Nichte abzulesen.

„Wie gut, dass wir jetzt einen so schönen Oktober haben!" Eva wollte sich nicht von dem Vorhaben abbringen lassen, das Watt kennen zu lernen, auch wenn nicht gerade Badewetter war.

„Nun, was möchtet ihr?" fragte Brigitte, „es gibt mehrere Möglichkeiten. Man kann mit Pferd und Wagen von Fuhlehörn zur Hallig Südfall fahren. Das sind so ungefähr sieben Kilometer. Man kann auch laufen, allerdings nur in einer geführten Gruppe." „Warum das denn?" wollte Heide wissen. „Es ist ein Schutzgebiet, und wenn da jeder herumlaufen würde, wie er wollte, wäre bald alles niedergetreten, verschmutzt, und die Vögel verscheucht", erklärte ihre Tante. „Ich kann euch das auf der Karte zeigen, dann könnt ihr euch alles besser vorstellen."

3

Sie kam gleich mit einem ganzen Stapel von Karten und Heftchen zurück ins Wohnzimmer. Als erstes breitete sie sehr bedeutsam die dreiteilige Nordfrieslandkarte aus, auf der die Küste vor und nach den großen Sturmfluten von 1362 und 1634, auch Mandränken genannt, dargestellt war. Brigitte war bei ihrem Lieblingsthema und erläuterte der staunenden Schwester und der fragend schauenden Nichte, was sie alles wusste. Natürlich fehlte nicht die Geschichte vom Untergang der kleinen Stadt Rungholt, die so sagenhaft von den Wellen verschlungen worden war, weil die Menschen in ihrem Wohlstand Gott nicht mehr fürchteten. Brigitte tippte mit ihrem Zeigefinger auf die Stelle in der Karte, wo Rungholt, der ehemalige Hauptort, einmal gelegen haben soll. „Jetzt ist das alte Rungholt fast von der Hallig Südfall überdeckt, doch im Watt nordwestlich sind immer noch Spuren von Warften, Schleusen, Brunnen und sogar von Jahrhunderte alten Ackerfurchen zu sehen, wenn sie nicht gerade von Sand überlagert werden. Auf der Hallig lebt ein Vogelwart, aber nur im Sommer. Sonst fährt er bei Ebbe mit seinem Geländewagen rüber. Der erzählt euch gerne noch mehr, und einen Teepunsch bekommt ihr bei ihm auch."

Ein paar Heftchen über Rungholt und das Watt bei Südfall wurden noch durchgeblättert, und man meinte schließlich, dass eine Fahrt dorthin recht interessant werden könnte. Heide vergewisserte sich noch, ob man denn tatsächlich sieben Kilometer weit ins Watt hinaus könne, ohne von der Flut überrascht zu werden. „Da mach dir man keine Sorgen! Man kann kurz nach Hochwasser dem zurückweichenden Wasser folgen und hat dann mehrere Stunden Zeit", beruhigte Tante Brigitte sie. Ihrem Gesichtsausdruck nach zu urteilen war Heide davon wohl nicht sehr überzeugt, aber schließlich war die Neugierde größer als die Bedenken. „Wann können wir denn los?" fragte sie ungeduldig. „Mal sehen, wann Niedrigwasser ist", sagte Brigitte. „Die Gezeiten stehen in der Tageszeitung, hinten, auf der letzten Seite." Alle drei stießen beinahe mit den Köpfen zusammen, als jede die erste sein wollte, die die Uhrzeit herausfand. „Hier, Strucklahnungshörn! Niedrigwasser um 12.10 Uhr!" rief Heide aufgeregt. „Das ist gut. Rund zwei Stunden vor Ebbe könnten wir los, also so um zehn herum. Ich werde morgen früh gleich beim Bauern anrufen, ob er fährt. Oder wollt ihr laufen?" fragte Brigitte. „Ich weiß nicht", sagte Eva, „ich kann mir das ohnehin nicht so richtig vorstellen. Irgendwie gruselt mich die Vorstellung vom Meer hinter meinem Rücken in Wartestellung ein bisschen!" „Lass uns erst einmal ausschlafen. Morgen sehen wir weiter", sagte Brigitte und gähnte. Die Strapazen der letzten Tage machten sich nun bemerkbar.

4

Am nächsten Morgen war Heide als erste wach. Es war Sonntag. Sie war aufgeregt, denn heute wollten sie ja ins Watt gehen. Draußen stand die Sonne schon über dem Hattstedter Kirchturm. Der Himmel war blau, und es versprach, ein schöner Tag zu werden. Barfuß schlich sich Heide in das Badezimmer und lauschte gleichzeitig, ob außer ihr schon jemand auf war. In der Küche klapperten Tassen. „Aha, Tante Brigitte ist schon dabei, das Frühstück vorzubereiten", dachte sie und beeilte sich mit ihrer Morgenwäsche. „Im Watt werden wir sowieso gleich wieder schmutzig", freute sie sich.

„So, jetzt ist es halb neun, nun kann man wohl schon beim Bauern auf Nordstrand anrufen", sagte Brigitte zu sich selbst und wählte die Nummer. „Oh…, ja…, ist ja schade…, kann man nichts machen. Trotzdem danke, und bis nächstes Mal. Tschüss."

Heide war inzwischen zur Tante in das Arbeitszimmer gegangen. „Klappt es nicht?" „Nein", sagte Tante Brigitte, „jetzt im Oktober sind nicht mehr so viele Urlaubsgäste hier. Deshalb lohnt es sich für ihn nicht zu fahren, und für uns alleine wäre der Spaß zu teuer." „Welche Möglichkeit gibt es denn noch? Du hast doch gestern von mehreren Möglichkeiten gesprochen!" „Wir können auch nach Nordstrandischmoor gehen. Das ist nicht so geheimnisvoll, aber schön und interessant ist es trotzdem." „Wie weit ist das denn?" wollte Eva wissen, die sich inzwischen auch eingefunden hatte. „Zur Hallig oder von hier nach Lüttmoorsiel an den Deich?" „Beides". „Nach Lüttmoorsiel sind es ungefähr zehn Kilometer. Dorthin fahren wir mit dem Auto. Eine wunderschöne Strecke übrigens, mitten durch das Vogelschutzgebiet. Wir könnten ja ein Fernglas mitnehmen. Und vom Deich bis zur Hallig sind es etwa vier Kilometer." „Kann man sich denn nicht verlaufen?" fragte Heide. „Nein, eigentlich nicht. Man sieht immer die Hallig vor sich, und der Lorendamm läuft gleich südlich nebenher. Im Sommer laufen ganze Heerscharen hinüber. Man kann auch mit dem Schiff fahren, aber ihr wollt ja durchs Watt wandern." „Ja, das wollen wir!" „Das Wetter ist gut. Denn bei Gewitter oder Nebel sollte man das Wattwandern lieber lassen, dann ist es zu gefährlich. Auf jeden Fall nehmen wir einen Kompass mit. Man kann ja nie wissen."

Die ganze Familie war jetzt auf den Beinen. Der Frühstückstisch wurde fertig gedeckt, und schließlich saßen alle in gemütlicher Runde. „Na, Oma, was hast du heute Nacht geträumt?“ fragte Cornelius seine Großmutter. „Was ganz Komisches! Wir haben eine Schifffahrt gemacht zu den Seehundsbänken, aber da war gar kein Wasser unter dem Schiff, sondern Land. Wir sind mit dem Schiff zwischen Häusern und Kirchen umhergefahren. Es war trotzdem eine schöne Fahrt. Die Sonne schien, und alle hatten viel Spaß.“ „Du träumst schon merkwürdige Dinge, Oma!“ sagte Christoph.

„Macht euch noch ein paar Brote zum Mitnehmen. Ich weiß nicht, ob der Krug auf der Warft geöffnet ist“, riet Brigitte den aufgeregten Wattwanderern. „Wir werden auch gleich losfahren müssen. Es ist schon halb zehn. Um zwölf ist Ebbe, aber wir können gut zwei Stunden vorher losgehen.“

Brigitte übergab den Haushalt an ihren Mann und ihre beiden Söhne. Sie nahm sich heute frei. Sie fischte ihren Rucksack aus dem Schrank und packte alles ein, was sie für nötig hielt: den Kompass, trockene Socken und ein frisches T-Shirt, eine Plastiktüte und eine Taschenlampe, Personalausweis, eine Packung Taschentücher und Geld.

Ihr Mann fragte sie, ob sie wirklich sicher sei, dass sie mit den beiden nach Nordstrandischmoor gehen wolle, so ganz ohne sei es ja nun doch nicht im Oktober. Wenn nun plötzlich Nebel aufkäme! „Ach ja, gut dass du mich daran erinnerst! Ein Handy muss ich noch einpacken. Das ist heutzutage doch alles gar kein Problem. Wir nehmen auch den Hund mit. So ein Neufundländer hat Instinkt! Notfalls kann sie uns retten.“ Dabei schaute Brigitte auf die nichts ahnende Lena und tätschelte ihr dickes schwarzes Fell, während der Vater, Okke, sich mit dem Zeigefinger an die Stirn tippte und den Mund verzog. Doch er wusste, dass es kein Zurück gab, wenn seine Frau sich einmal etwas vorgenommen hatte. Und nun waren auch noch seine Schwägerin und seine Nichte mit von der Partie. Keine Chance!

Er begab sich in seinen Anbau, wo er einen kleinen Werkraum hatte. Dort ging er immer hin, wenn er über etwas nachdenken musste.

5

Sie saßen alle fröhlich und erwartungsvoll im Auto. Lena lag hinten im Kombi und schaute aus dem Heckklappenfenster. Während der Fahrt erklärte Brigitte ihrer Schwester und ihrer Nichte alles, was es am Wege zu erklären gab. Zunächst kamen sie am Schimmelreiterkrug vorbei, dem Krug am Deich, den Theodor Storm wohl vor Augen gehabt hatte, als er seinen müden Reiter dort einkehren ließ, um sich die Geschichte vom Schimmelreiter erzählen zu lassen. Dann passierten sie eine alte Wehle, das feuchte Überbleibsel eines Deichbruches. „Hier ist das Süderkoogshaus. Früher ging von hieraus eine Fähre nach Morsum. Habe ich euch gestern auf der Karte gezeigt. - So, jetzt fahren wir über die Arlau. Dahinten ist das Norderkoogshaus. Heute ist es ein großes Hotel."

Nun ging die Fahrt steil den alten Deich hinauf. Man stand quasi auf einem Deichdreieck. Hier endete einmal das Festland, bis schließlich die Reußenköge entstanden und eingedeicht wurden. Von dem hölzernen Turm hatte man eine wunderbare Panoramaaussicht. Der neue Deich schloss eine alte Hallig mit ein, die Harmelfshallig. Von hier oben konnte man noch eindeutig den Lauf des alten Tiefs erkennen, das einmal die Hallig vom Festland trennte. Auch die Arlau hatte hier ihr Bett, bevor sie nach Süden umgelenkt wurde, weil die Strömung den Deich gefährdete.

„Ist ja Wahnsinn", staunte Heide. „So was lernt man in Berlin natürlich nicht, auch nicht, wenn man den Schimmelreiter liest. Darüber wissen die Lehrer in Berlin nichts."

Vor ihnen lag jetzt eine lange, schmale, gerade Straße. Es war ein befahrbarer Damm durch den neuen Beltringharder Koog. Rechts und links ausgedehnte Wasserflächen. Einige Wattvögel waren auch zu sehen, wenn auch nicht so viele wie im Sommer. „Wie dumm, jetzt habe ich das Fernglas doch vergessen", ärgerte sich Brigitte. „Wie heißt noch der Koog? Es sind hier alle Namen so komisch, dass man sie sich gar nicht merken kann", sagte Eva. „Beltringharder Koog! Das Land hier, die Uthlande, waren früher in Harden aufgeteilt, Amtsbezirke sozusagen. Und dieses hier und vor dem Deich war vor der letzten großen Flut von 1634 die Beltring Harde. Zur Erinnerung hat man dem neuen Koog ihren Namen gegeben." „Ach so", gab sich Eva zufrieden mit der Antwort.

Der Parkplatz am Lüttmoorsiel war fast leer. Im Sommer standen hier hunderte von Autos. Auch der Imbiss hatte seine Tore schon geschlossen und winterfest gemacht. Links am Deich standen die Loren, die im Moment nicht gebraucht wurden. Der Weg durchs Watt war jetzt viel kürzer geworden, nachdem der neue Deich geschlossen war. Ein großes Stück Land hatte man dem Meer, dem „Blanken Hans", wie die Friesen sagen, wieder abgerungen. Früher war alles einmal Land gewesen, flach zwar, aber mit vielen kleinen Siedlungen, Kirchen und mit Gräben und Mitteldeichen durchzogen, mit Menschen, Vieh und fruchtbaren Äckern. 1362 war dann die „Große Mandränke", in der auch Rungholt zerstört wurde, gekommen. Nur „Der Strand" war übrig geblieben mit ein paar Halligen. Im Norden des zur Insel gewordenen „Strand" lag ein großes Stück Moorland und Heide, das zur Salzgewinnung und zum Plaggen genutzt wurde. Sonst war es wüst und unbewohnt. Und als das Meer 1634 wieder ein großes Stück der Insel verschlang, blieb gerade dieses ungastliche, höher gelegene Fleckchen Erde bestehen, und viele Flutopfer retteten sich hierhin, nach Nordstrandischmoor, um sich hier eine neue Existenz aufzubauen. Zu Anfang war die Hallig noch größer, aber das Meer hat immer mehr abgerissen, und die armen Leute hatten nicht die Möglichkeit, ihr Land zu schützen. Deshalb sind nun nur noch drei Warften da, aber die und die ganze Hallig gehören nun zum Schutzprogramm und können sich aller Hilfe sicher sein, denn ohne sie wären die Deiche um so mehr gefährdet.

Zur Hallig kommen nicht nur Menschen als Sommergäste, sondern auch Tiere. Sie werden entweder mit hohen Kosten per Schiff gebracht, oder sie werden durchs Watt hinüber getrieben. So manche Kuh ist schon im Schlick stecken geblieben und musste mit Tauen wieder frei gezogen werden. Selbst der Postbote lief früher bei Ebbe durchs Watt, um die Post abzuliefern. Für Pakete und den großen Einkauf war natürlich die Lore da. Jede Familie auf Nordstrandischmoor hat ihre eigene Lore, mit der sie auf das Festland übersetzen kann, wo dann ihr Auto wartet.

Als die drei den Deich hinaufkletterten, zog eine Herde Schafe an ihnen vorbei. Laut blökend gaben sie zu verstehen, dass sie nicht gestört werden wollten. Oben auf der Deichkrone angekommen blieben sie stehen. „Ist das herrlich“, sagte Eva. „Ist sie das, die Hallig?“ fragte Heide, „das sieht aber ganz schön weit weg aus!“ „Das täuscht“, meinte Brigitte, „die Spiegelung verzerrt die Entfernung, optisch, meine ich.“

Sie setzten sich auf ein Stück von den Schafen kurz gefressenes Gras und versuchten dabei, den kleinen runden Köteln möglichst auszuweichen. Die Thermoskanne wurde ausgepackt, und sie tranken einen schönen heißen Tee. Dazu gab es Apfelkuchen, denn der hatte beim Geburtstag neben den Torten kaum Beachtung gefunden. Aber hier am Deich wurde er zu einer kleinen Sensation, eine gute Stärkung für den Wattweg. Eine Möwe hatte ihre Chance erkannt und stolzierte auf die Dreiergruppe mit Hund zu. Sie bekam ein paar Krümel ab.

Das Meer hatte sich nun vollständig zurückgezogen und den Weg frei gemacht. Das eigentlich graue Watt schimmerte silbern. Wie ein Waschbrett lag es da, mit kleinen Hügelchen, die die Wattwürmer hinterlassen hatten. Lena war schrecklich aufgeregt, wie immer, denn sie dachte, es ginge zum Baden, was sie über alles liebte. Sie zog an der Leine, dem Watt entgegen.

6

Auf der Hallig ging es ruhig zu. Es war Ebbe. Die Fähre war früh am Morgen bei Flut abgefahren, und Tine Johannsen von der Krugwarft hatte schon das Frühstücksgeschirr abgewaschen und wieder in den Schrank gestellt. Es waren zurzeit nur wenige Gäste auf der Hallig. Einige von ihnen waren heute Morgen mit der Fähre abgefahren, andere wollten nur einen Ausflug nach Husum machen. Im Sommer hatte sie kaum Zeit, die Gäste von der Fähre zu betreuen und alles aufzuräumen, wenn sie schon die Menschenströme durch das Watt ankommen sah. Das meiste wurde selbst gemacht. Der selbstgebackene Kuchen zum Beispiel war weit über die Deiche hin bekannt.

Tine war vor ein paar Wochen Witwe geworden und trug Trauerkleidung. Viel Zeit zum Nachdenken hatte sie nicht, und das war ja auch gut so. Alle hatten „Onkel Johannsen" gern gehabt. Er war der „Häuptling" und die Seele der Hallig gewesen. Nun lag er in Bredstedt, auf dem Festland, begraben. Früher wurden die Leute auf der Hallig beigesetzt, aber das war nun wegen der vielen Überflutungen nicht mehr erlaubt. Tine Johannsen hatte einen Sohn, Ketel. Der kümmerte sich nun um Haus und Hof und die Gaststube. Seine Frau Christine stammte aus der Hattstedter Marsch. Beide wollten den Halligho weiterführen. Das war für sie so selbstverständlich wie für ihren Sohn Lars, der nun vierzehn Jahre alt war. Er war zurzeit das einzige Kind in der Halligschule.

Lars tobte gerade mit Blacky, seinem Labrador, vor dem Haus herum, als er die drei Leute mit dem Neufundländer durchs Watt auf die Warft zukommen sah. „Mensch, Blacky, da kommen welche. Und ein Hund ist auch dabei. Aber Oma wird dich wohl wieder einsperren", sagte Lars zu seinem Hund. Er hatte Recht. Blacky wurde immer im Stall eingeschlossen, wenn Besucher Hunde mitbrachten. Man konnte ja nie wissen, ob es Ärger zwischen den Hunden geben würde. Lars legte sich derweil auf die Lauer und beobachtete die vier Gestalten, die sich näherten.

7

Eva, Brigitte, Heide und Lena waren nun etwa in der Mitte zwischen Deich und Hallig. Es war ein schöner Morgen, und das Watt glänzte in der südöstlich stehenden Sonne. Sie hatte noch viel Kraft und wärmte ihnen den Rücken. Der Boden unter den nackten Füßen schmatzte. Einmal war er sandig und fest, im nächsten Moment wieder butterweich. Außer den dreien mit Hund war niemand unterwegs. Lena lief zwischen den Menschen hin und her und ab und an zu der Möwe, die sie begleitete, so als wolle sie ihnen den Weg zeigen.

Plötzlich benahm sich Lena merkwürdig. Von einem Moment zum anderen war sie ängstlich. Sie lief nicht mehr umher, sondern drückte sich dicht an Frauchens Beine, so dass diese beinahe ins Stolpern kam. „Lena, geh' zur Seite“, sagte Brigitte und drückte den Hund liebevoll von sich weg. Lena aber hatte ihre schöne, lange Rute zwischen die Hinterläufe geklemmt und versuchte nun, sich schutzsuchend zwischen Frauchens Knie zu drängen. Brigitte blieb stehen und sah sich um. Was könnte Lenas Unbehagen hervorgerufen haben? Aber so sehr sie auch schaute, es war nichts zu sehen als das blanke Watt und im Süden, zwanzig Meter neben ihnen, der Lorendamm.

Etwa dreihundert Meter vor ihnen lag ein flacher Priel, voll mit Muscheln, hauptsächlich Miesmuscheln. Sie pieksten etwas unter den nackten Füßen. Lena drängelte sich noch immer zwischen den Beinen der Menschen herum und ließ sich nicht abweisen. Ab und zu knurrte sie leise. „Was hat sie bloß?“ fragte Heide, „hier ist doch nichts.“ „Es ist merkwürdig“, meinte ihre Tante, „und eigentlich ist es völlig absurd, dass ein Hund hier etwas wittert.“ „Was meinst du damit“, fragten Heide und Eva wie aus einem Mund. „Ziemlich genau hier hat einmal ein Dorf gelegen. Es hieß Rörbeck. Es ist bei der großen Flutkatastrophe 1634 untergegangen. Fast alle Menschen und Tiere sind ertrunken, die Häuser fort gespült. Ein bisschen unheimlich ist es schon, einfach so darüber hinweg zu laufen.“

„Ob ein Hund ein Gespür für ruhelose Seelen hat?“ Eva mochte den Gedanken nicht zu Ende denken. Keiner sagte mehr etwas. Nachdem sie den Priel überquert hatten, beruhigte Lena sich wieder. So unvermittelt wie der Spuk angefangen hatte, war er wieder vorüber. Lena lief wieder Heide hinterher oder ließ sich von Möwen ärgern.

8

Inzwischen waren die Besucher näher gekommen. Sie kletterten gerade über die Lahnungen, die die Hallig nach Osten hin stützten und für weitere Aufschlickung sorgten. „Schade“, dachte Lars, „ein Junge war nicht dabei.“ Es waren zwei Frauen, ein Mädchen und ein Neufundländer. Bis sie auf der Krugwarft ankämen, würde noch eine halbe Stunde vergehen. Es war kurz nach zwölf.

Niedrigwasser. Tine und ihr Enkel Lars saßen vor dem Haus nach Süden und genossen die Mittagssonne. Dass sich tatsächlich noch Besucher über das Watt hierher verirren würden, damit hatten sie nicht gerechnet. Sie sahen den dreien gelassen entgegen und amüsierten sich, wie die versuchten, den Hund über beziehungsweise um die Viehsperre herum zu bekommen. Nun kamen sie den Weg zur Warft herauf, wie üblich mit schlickigen Beinen.

„Moin, Moin", kam die Begrüßung. „Moin, Moin", war die Antwort der Gäste. Keine Warteschlangen vor dem Tresen, keine vollbesetzten Stühle! „Dürfen wir uns zu ihnen setzen?" „Ja, sicher", antwortete Tine Johannsen, „hier in der Sonne ist es doch am schönsten." Brigitte bestellte Matjes mit Brot, wie immer, wenn sie hier herüberkam, denn die schmeckten lecker. „Könnte der Hund eine Schüssel Wasser haben", fragte sie. Tine schickte Lars los, um für Lena Wasser zu holen. Als sie sich satt getrunken hatte, ließ sie sich in eine Ecke fallen und ruhte sich aus.

Heide liebäugelte den strohblonden Halligjungen an. Dieser witterte etwas Abwechslung und fragte sie, ob sie nicht Lust hätte, ein bisschen Fußball mit ihm zu spielen. Sie willigte dankbar ein, und so verschwanden die beiden Kinder auf der Fenne ein Stück unterhalb der Warft. Beide waren froh, den langweiligen Erwachsenen entkommen zu sein. Tine wollte wissen, woher ihre Besucher kamen.

„Aus Waabel", antwortete Brigitte. „Wir hatten eine große Geburtstagsfeier, und meine Schwester und meine Nichte wollten gerne das Watt kennen lernen. Für mich ist es auch eine schöne Abwechslung nach dem Stress." „Hoffentlich hält sich das Wetter. Der Wind hat ein bisschen gedreht. Wenn es man keinen Regen gibt!" Tine schaute forschend nach Westen. „Wenn das alles ist", dachte Eva laut. Irgendwie war ihr doch unheimlich bei dem Gedanken, wieder über diese Stelle, über das untergegangene Dorf gehen zu müssen.

Brigitte war inzwischen beim Wasserschlauch gewesen und hatte sich den zähen, schon angetrockneten Schlick von Beinen und Füßen abgeschrubbt. Eva folgte nun ihrem Beispiel. Ketel hatte das

Mittagsbrot zubereitet. Ein paar Teller mit zarten, rosigen Matjes, selbstgebackenem Schwarzbrot und frischer Butter warteten auf dem langen Tisch an der Südwand des Hauses.

„Wohnen Matthiesens noch in Waabel?“ fragte Tine, um an das Gespräch von vorher anzuknüpfen. „Ja“, antwortete Brigitte friesisch kurz und steckte sich wieder eine gabelvoll Matjes in den Mund. „Kennen Sie Ludemike noch?“ „Ja, sie war ja weithin bekannt durch die Poststelle, die Tankstelle, den Kiosk und überhaupt.“ Damit war das Stichwort gegeben. „Die Post, wie kommt die denn hierher?“ wollte Eva wissen. „Heute kommt sie mit dem Boot, aber früher lief Matthiesen immer bei Ebbe durchs Watt. So kamen die Post und auch die Neuigkeiten hier herüber“, erklärte Tine.

Die Kinder hatten sich jetzt auch dazu gesetzt, aßen und fragten sich gegenseitig aus. Heide konnte es sich überhaupt nicht vorstellen, einziger Schüler in einer „Klasse“ zu sein, immer „dran“ zu sein und nie abschalten zu können. Auch die große Turnhalle würde ihr fehlen. Die blöden Jungen aus ihrer Klasse in Berlin würde sie allerdings gerne gegen den netten Lars austauschen. Schade, dass sie wegen der Flut gleich wieder losgehen mussten. Lars kannte dieses Gefühl für kurze Bekanntschaften schon, es sei denn, es blieben Urlaubsgäste die ganzen Ferien über auf der Hallig. Wenn er Glück hatte, war ein Junge in seinem Alter dabei. Aber bei Heide hatte er doch ein anderes Gefühl, eines, das er bisher noch nicht gespürt hatte. Es war so ein warmes, kribbeliges Gefühl in der Bauchgegend, ein Gefühl, von dem man gar nicht genug bekommen konnte. „Zeigst du mir noch eure Schafe?“ fragte Heide plötzlich mit noch fast vollem Mund. Auch sie wollte keine Zeit vergeuden. Lars wurde ganz rot unter seinem hellblonden, kurzen Haar. „Na klar!“ kam die Antwort betont „cool“. Sie kletterten aus der Bank und verschwanden hinter dem Haus aus der Sichtweite der Erwachsenen.

Die Teller waren leer gegessen. Es hatte hervorragend geschmeckt. Auch der Pharisäer danach hatte den beiden Frauen gut getan. Tine hatte ihn ausgegeben. Sie hatte sich gefreut, dass sie mal wieder etwas aus der Umgebung gehört hatte. Inzwischen war es halb zwei. Die Sonne wurde ab und zu von ein paar Wolken verdeckt und stand nun im Südwesten. Brigitte bezahlte das Essen und die Getränke, und Tine Johannsen gab noch einige Grüße mit auf den Weg. Nach dem Versprechen, bald einmal wiederzukommen, verabschiedeten sich alle, und Lena nahm noch ein paar kräftige Schluck Wasser. Lars hatte plötzlich die Idee, noch ein Stück mitzulaufen und die drei zu begleiten. „Aber nur bis zum Priel!" ordnete Oma Tine an, „nicht weiter! Sonst schaffst du es nicht, vor der Flut zurückzukommen."

Während Lars und die Gäste auf dem geteerten Weg die Warft hinunter liefen, schaute Tine ihnen nach und räumte dabei den Tisch ab. „Feierabend!" dachte sie laut, „eigentlich schön!" Und doch hatte sie ein komisches Gefühl in der Magengegend. „Nein, um Lars mache ich mir keine Sorgen. Der ist hier aufgewachsen und kennt sich aus. Aber die anderen, hoffentlich kommen sie heil an."

9

Lena musste wieder außen um die Schafsperre herum, damit sie nicht mit ihren Pfoten in die Spalten trat. Als die Gruppe an den Loren vorbeikam, erzählte Lars ihnen, welche ihre war und zu welchen Gelegenheiten sie benutzt wurde. Dann liefen sie quer über das von Lahnungen eingeschlossene Feld. Der Schlick war weich, und man sackte tief ein, wenn man nicht aufpasste. „Pricken", wie große umgedrehte Besen, markierten den „Weg". Es war schon kurz vor drei. Die Sonne hatte sich nun völlig verabschiedet, und nur der rote Schimmer bezeugte, dass sie kurz zuvor noch da gewesen war. Es war kühl geworden.

Lars und Heide redeten und lachten viel. Sie verstanden sich richtig gut. Brigitte beschleunigte ihren Schritt, und Eva merkte, dass die Atmosphäre etwas Bedrückendes hatte. Keine der beiden sagte mehr etwas. Da war nun auch wieder der Priel! Lars musste umkehren. Im Augenwinkel sah Brigitte, dass Lars Heide einen Kuss gab, vielleicht das erste Mal, dass er ein Mädchen küsste. Heide hätte gleichzeitig lachen und weinen können, so fühlte sie sich. Von Christophs Fenster in Waabel würde sie Lars' Fenster im Dunkeln leuchten sehen können. Es war so nah und doch so fern. Gut, dass es Handys gab.

„Komm, Heide! Sieh zu! Wir müssen uns beeilen, die Flut kommt“, sagte Brigitte genervt. Sie wollte nicht zu denen gehören, die von der Flut eingeschlossen wurden und vom Seenotrettungskreuzer gerettet werden mussten oder als Tragödie am nächsten Tag in der Zeitung standen.

Kurz vor dem Priel benahm Lena sich wieder auffällig. Sie blieb sogar stehen und wollte nicht weitergehen. Brigitte rief, schimpfte, zog an der Leine, aber es half nichts. Lena jaulte und winselte und zog nun ihrerseits an der Leine, um Brigitte zurückzuziehen. „Nun komm, Lena, komm! Du bringst uns in Schwierigkeiten!“ Mit ein paar Hundekuchen gelang es schließlich, Lena ein Stückchen weiterzulocken. Alle waren mit der Neufundländerdame beschäftigt.

Als sie aufschauten, war der Deich vor dem Festland kaum noch zu sehen. Es war schummerig geworden. Das Grau des Watts vermischte sich mit dem Grau der Dämmerung. Nur nach Westen lag noch ein leichter Lichtschimmer auf dem feuchten Schlick. Heide fing an zu weinen. Alle versuchten zu laufen, aber es war nicht möglich, denn der Boden war unberechenbar. „Lena!“ Der Hund stand immer noch da wie angewurzelt. „Wir können sie doch nicht einfach hier stehen lassen!“ „Lena!“ „Wir können sie aber auch nicht tragen!“

Lena bellte, als wollte sie ihr Frauchen ein letztes Mal davon abhalten weiterzugehen. „Sieh’ zu, wo du bleibst, wir wollen wegen dir nicht ertrinken! Die Flut kommt.“ Der Deich war nun gar nicht mehr zu sehen, aber der Lorendamm an der rechten Seite diente noch der Orientierung.

10

Gott sei Dank, der Boden wurde fester, man konnte, ohne einzusacken, zügig gehen. Vereinzelt waren schon Grasbüschel unter den Füßen zu spüren. Brigitte blickte sich zu ihrer Schwester und Heide um. Im Westen hoben sich die Warften von Nordstrandischmoor gegen den Himmel ab. Lena war nur noch ein dunkler Punkt. Brigitte standen die Tränen in den Augen. War da ein Kirchturm zu sehen, in Richtung Süden? Wie ein drohender Zeigefinger schob er sich in den Himmel. „Das kann doch nicht der Hattstedter Kirchturm sein!“ dachte Brigitte. „Der ist viel weiter entfernt. Aber sonst gibt es doch gar keine Kirche in der Nähe!“ Als sie nach links schaute, nach Norden, sah sie in der Dämmerung noch weitere Warften.

Alle waren erschöpft vom Laufen und von der Angst, die sie überkommen hatte. „Wären wir doch bloß gar nicht erst losgegangen!“ dachten sie. „Aber der Deich kann ja nicht mehr weit entfernt sein!“ hofften alle drei. Der Boden wurde fester, und die Grasinseln unter den Füßen verdichteten sich. „Da ist ein Bauernhof“, schrie Heide von hinten, „lasst uns dort hingehen, wir schaffen es doch nicht mehr bis nach Hause. Ich habe Angst!“

Brigitte sagte nichts mehr. Sie war sicher, dass es zwischen Nordstrandischmoor und dem Deich nichts gab. Und dennoch lag er da, der Hof, auf einer Warft! Sie näherten sich dem Hof. Die Fenster waren erleuchtet. Es war ein flackerndes Licht, wie von brennenden Kerzen. Ein Mann war damit beschäftigt, Säcke vor die Türen und Tore zu legen. Auch auf den anderen Warften, die plötzlich in der Dämmerung zu sehen waren, herrschte rege Betriebsamkeit. Es drangen sogar einige Worte zu ihnen durch, die sehr hektisch klangen.

Inzwischen waren sie auf einem festen Weg angelangt, den sie zuvor gar nicht wahrgenommen hatten. Er lag etwas höher als das Land. Von ihm führte ein Weg zu der einen Warft und zweigte dann ab zu der nächsten. Ein weiterer Mann lief nun die Warft hinunter und scheuchte ein paar Rinder zusammen. Eine Frauenstimme schrie gegen den Westwind an. Die Rinder wurden nun zur Warft hinauf getrieben und das Hecktor geschlossen. Die Frau kämpfte sich gegen den Wind um das Haus, schloss eilig die Fensterläden, und scheuchte dann die Hühner in den Stall. Zwei davon fing sie ein und trug sie ins Haus.

Der Wind hatte noch zugenommen. Es roch nach Schlick und nach Salz. Durch die Böen wurden die Wolken etwas auseinander getrieben, so dass es wieder ein wenig heller wurde. In der Ferne war der Deich zu sehen. Aber der Lorendamm, wo war der Lorendamm? Er war nicht mehr da, so sehr sich die Augen auch bemühten. Stattdessen erhob sich aus dem Einheitsgrau die Silhouette einer mächtigen Kirche. Eine typische Kirche mit kleinerem Chor und noch kleinerer Apsis, aber mit einem riesigen Turm stand da wie hingezaubert auf einer Warft. Auch Glockengeläut drang plötzlich bis hier herüber. Gegen den Westwind hörte es sich kläglich und unheimlich an. Die Klänge vermischten sich mit dem Heulen des Windes.

Die Wolken jagten nur so über den Himmel, und ein Schwarm Möwen flüchtete kreischend in die gleiche Richtung, nach Osten, zum Deich. Die drei Wattläufer standen immer noch auf dem Weg. Dieser lag da wie ein Band, das unendlich schien. In Richtung Süden streifte es knapp die Kirche und verlor sich dann in der Ferne, nach Norden schlängelte es sich durch die Warften hindurch, um sich dann im Nichts aufzulösen. Spurrillen von vielen Wagenrädern hatten sich in den Boden gefressen. Dazwischen und daneben wuchs Halligheide, ein kratziges, struppiges Kraut, das aber wunderschön aussah, wenn es blühte. Nun, im Oktober, war es bereits verblüht. Der immer stärker werdende Wind zerrte an den braun gewordenen Blüten.

„Da, guck mal, noch eine Kirche. Wo sind wir? Das alles war doch vorhin, auf dem Hinweg, nicht zu sehen!“ Eva schaute Brigitte fragend an, und diese hätte auch nicht geglaubt, was sie sah, hätten nicht die beiden anderen das Gleiche gesehen. Das Gefühl, das in ihnen aufstieg, war kaum zu beschreiben. Die Angst, die sie kurz zuvor noch gehabt hatten, wich langsam zugunsten einer Vertrautheit und dem Gefühl, auf einmal unendlich viel Zeit zu haben.

11

Die kleine Kirche, etwas mehr südwestlich von ihnen, lag nicht direkt an dem erhöhten Weg, der vor langer Zeit einmal ein Deich gewesen war. Einige alte Frauen in langen, dunklen, schweren Röcken und mit Hauben auf dem Haar und Holzschuhen an den Füßen schlurften raschen Schrittes auf dem Deichweg entlang in Richtung Kirche. Als sie die Kirche querab neben sich hatten, kletterten sie den schmalen Pfad vom Weg herunter in die flache Marsch, ihre Röcke mit den Händen raffend. Eine der Frauen hatte ein Kind bei sich, ein Mädchen, vielleicht dreizehn Jahre alt, das ihre Großmutter zuweilen stütze, damit diese nicht stolperte.

Es war schon mehrere Tage schön gewesen, ein goldener Oktober, und das schöne Wetter hatte die Menschen so manche Sorgen und Nöte vergessen lassen. So strömten sie, wie an jedem Sonntag, munter plaudernd zur Kirche. Wie immer wurde über das Wetter gesprochen, über das nahe bevorstehende Erntedankfest oder über den leidigen Krieg. Vom höher gelegenen Weg aus konnte man die umliegende Landschaft gut sehen. Grüne Fennen mit Rindern oder Schafen, Gräben, in der Nähe der Warften Acker, teilweise noch mit Stoppeln, Kirchen, Mühlen, Deiche. Und dieses Muster breitete sich um den Betrachter herum aus, so weit sein Auge schaute. Eine ganze Reihe recht ärmlich aussehender Katen war kurz vor dem Deich zu sehen. Sie standen auf der flachen Marsch, nicht auf Warften. Es waren arme Menschen, die kaum zum Leben genug hatten, als dass sie sich einen Hügel für ihr Haus hätten leisten können.

Nun fing es auch noch an zu regnen. Es waren Wolken aufgekommen, und die Sonne hatte sich verkrochen. Brigitte und Eva überlegten einen Augenblick. Zur Warft hinauf oder in die Kirche? Die Entscheidung wurde ihnen sogleich abgenommen, als von der Warft ein lautes, tiefes Gebell ertönte. Dort oben, hinter dem Hecktor, zwischen den Rindern, stand ein schwarzer Neufundländer und bellte, so als wolle er sagen: „Nun los, beeilt euch schon, kommt endlich nach Hause!"

Brigitte lief erfreut den Weg zur Warft hinauf und ließ sich von dem Hund stürmisch begrüßen. Die zwei Männer, die die Rinder auf die Warft getrieben hatten, kletterten über das Hecktor, tippten mit der rechten flachen Hand an die Mütze und grüßten sie: „So, Wabe, bis morgen, so Gott will. Deine Tiere sind nun erst einmal sicher. Nun sieh du auch zu, dass du ins Haus kommst.“ Der ältere der beiden Männer legte im Vorbeigehen den Arm um Eva und zog sie sanft mit sich. „Was stehst du hier bei Wind und Regen, Frauke, komm nach Hause. Wir wollen uns doch hier nicht den Tod holen.“ Dabei lachte er über seinen vermeintlichen Scherz. Und so liefen die drei auf eines der kleinen Häuser am Deich zu.

12

In der kleinen Kirche von Rörbeck gab es nicht viele Bänke. Aber die wenigen waren doch recht gut besetzt. Pastor Ingwer Harsen verstand es, seine Gemeinde mit seinen Predigten zu fesseln. Er baute immer ein wenig aus dem Leben der Menschen um ihn herum ein. Einmal war es die tägliche Arbeit, einmal war es der nicht enden wollende Krieg, ein anderes Mal ging es um die Jugend, die es ihren Eltern und dem Pastor, der auch gleichzeitig den Unterricht übernommen hatte, nicht immer leicht machte.

Vorne in der ersten Reihe saß Lucia Ingwers, die Pastorenfrau. Stolz und liebevoll sah sie zu ihrem Mann hinauf, der oben auf der Kanzel stand und vom Werteverfall, von Sünden, Egoismus und falschen Prioritäten predigte. „Besinnt euch auf das Wesentliche! Haltet zusammen und glaubt fest an Gott und an die Macht seiner Stärke. Wohlstand ist nicht alles. Er blendet euch und verwirrt die Sinne. Tut Buße!“

Katrine hatte brav mit ihrer Großmutter, der alten Moder Johns, in der Bankreihe ausgeharrt. Sie gehörte zu der jungen Generation, der des Pastors Worte schon einmal an den Ohren vorbei gehen konnten. Jetzt schaute sie nach unten, auf die Holzdielen, die direkt auf dem Boden verlegt waren, um etwa eintretendes Wasser direkt wieder in dem Sand darunter versickern zu lassen. Unter Katrines langem, dunkelblauen, gewebten Wollrock schauten zwei zierliche Füße heraus, die in Holzschuhen steckten. Mit den Spitzen versuchte sie, ein paar Erdbrocken durch die Dielenritzen zu schieben. Das tat sie, damit man ihr errötetes Gesicht nicht sehen konnte. Denn auf der anderen Seite des Mittelganges, auf der die Männer ihre festen Plätze hatten, saß Fedder Lorenzen mit seinem Vater Lorenz Martensen. Fedder war schon fast ein Mann. Er war zur Schule gegangen und hatte in Morsum nun eine Stelle als Müllerlehrling angetreten. Jeden Tag lief er von Rörbeck auf dem Deichweg nach Morsum und abends wieder zurück. Er hätte auch bei seinem Lehrherrn in Kost und Logis gehen können, aber er ließ sich das Geld stattdessen lieber auszahlen. Zu Hause konnten sie es gut gebrauchen.

Ja, Katrine mochte Fedder, und so, wie er sie von da drüben herüber ansah, mochte er sie scheinbar auch. Sie merkten nicht einmal, dass sie beobachtet wurden. „In ein paar Tagen ist Erntedankfest", dachte sie, „da wird Musik, Tanz und Spiel sein bei der Krugwarft. Ob er dort hingehen wird? Ob die Mutter mir's wohl auch erlauben wird? Wird er mich zum Tanz führen?"

So in Gedanken versunken verpasste sie beinahe das Vaterunser und den Segen. „Nun gehet hin in Frieden!" Pastor Harsen stand vor dem schlichten Altar und hielt seine Hände hoch zum Segen über seine kleine Gemeinde. Vorne im Chor, rechts und links neben dem Pastor standen noch zwei Reihen von Bänken an den Wänden entlang. Dort hatten die Persönlichkeiten des Dörfchens ihre festen Plätze. Es waren die Gevollmächtigten, der Hövetmann und natürlich der Kirchenvorstand. Sie waren es auch, die nach alter Sitte die Kirche nach dem Pastor als erste über den Mittelgang verließen, gefolgt von den Bauern, ihren Frauen und Kindern und dem Gesinde.

Katrine konnte es geschickt einrichten, so aus der Bank zu klettern, dass sie gleichzeitig mit Fedder auf dem Mittelgang ankam und sie nun langsam, aber aufgeregt, nebeneinander durch die ganze Kirche gehen konnten. War es Zufall, dass sich ihre Hände berührten oder war es ein Zeichen? Katrine wurde es ganz warm, obwohl der Wind draußen noch einmal zugelegt hatte. Fedders Vater war noch stehen geblieben, um sich mit den Gevollmächtigten zu unterhalten.

„Kommst du auch zum Erntedankfest?“ fragte Fedder Katrine unvermittelt. „Ich? Ja. Nein, ich weiß nicht“, hörte sie sich sagen und ärgerte sich gleichzeitig über ihre Unsicherheit. „Wenn Mutter mir’s erlaubt!“ Sie waren wieder am Deichweg angelangt, und Fedder ergriff die Gelegenheit, sich bei Katrines Großmutter ein wenig beliebt zu machen. „Lass mich dir helfen, Moder Hanses!“ Und schon sprang er herbei und packte sie am Arm, so dass sie, ehe sie sich versah, auch schon oben auf dem Weg stand. Moder entglitt ein kleiner Jauchzer. „Wie groß und stark du geworden bist, Fedder! Bist ja schon ein richtiger Mann!“ Katrine wurde wieder rot, aber in dem schummerigen Regenwetter sah man das Gott sei Dank nicht.

13

Wabe drehte sich noch einmal zu den beiden Männern und ihrer Schwester Frauke um und winkte ihnen zu. Dann ging sie am Schuppen vorbei und am Haus entlang auf die Haustür zu, die nach Süden lag. Harre Hansen, ihr Schwager, und Iven Harring, ihr Neffe, hatten schon Vorkehrungen getroffen. Sie hatten Bretter vor die Türen gesteckt und Sandsäcke davor gelegt, um die Ritzen abzudichten. Bretter und Sandsäcke lagen im Stall bereit. Das war schon immer so. Diese Dinge waren heilig. Keiner rührte sie an, selbst, wenn dringend ein Brett gebraucht wurde. Diese waren tabu.

Zwei Bretter hatte Harre noch in die Diele gelegt. Wabe musste ja noch ins Haus kommen können. Sie drückte die geschmiedete Klinke hinunter und kletterte über die zwei Bretter, die schon in der Nut steckten. Das war gar nicht einfach mit den schweren Sonntagsröcken. Mit der linken Hand hielt sie ihren Umhang fest, damit er im heftigen Wind nicht wegflog. Sie ließ die Bretter liegen, denn Moder, ihre Schwiegermutter, und Katrine, ihre Tochter, mussten ja auch noch hereinkommen.

Moder und Wabe waren beide bereits Witwen, die nun alleine, ohne Männer, Haus und Hof versorgten. Nur, wenn es Probleme gab, die die drei Frauen nicht alleine lösen konnten, dann kam

Schwager Harre oder Neffe Iven zu Hilfe, so wie heute, wo es nach Unwetter aussah.

Hans Johannsen, Moders Mann, war nach einer durchzechten Nacht in einen Graben gefallen und ertrunken. Er war gut sechzig Jahre alt geworden. Die Bauern hatten sich damals so sehr über ihren Sieg gegen den Herzog gefreut, dass sie alle viel getrunken hatten, zu viel. Moder konnte noch immer nicht darüber reden. Sie vergrub ihre Scham und ihre Sorgen in ihrem Herzen.

Und ihr Sohn, Momme Hansen, Wabes Mann, war letztes Jahr von ihnen gegangen. Als er nach einem Sturm das Dach flicken wollte, war die Leiter weggerutscht, er war abgestürzt und so unglücklich gefallen, dass er sich den Hals gebrochen hatte. Nun fehlte eine männliche Hand an allen Ecken und Enden. Wabe hatte schon das eine oder andere Angebot von Witwern des Dorfes bekommen, aber sie wollte das Trauerjahr abwarten. Mit Harres und Ivens Hilfe kamen sie ja auch erst einmal klar.

Wabe war in die Küche gegangen, um nach dem Feuer zu sehen. Es war noch etwas Glut da, sie musste nur einen Torfbrikett nachlegen. Als sie sich wieder aufrichtete und ihre Augen die niedrigen Fenster streiften, sah sie Moder und Katrine gerade die Warft heraufsteigen.

14

Der Wind hatte auf West gedreht und war noch stärker geworden. Es stürmte, pfiff und regnete. Inzwischen war die Dämmerung hereingebrochen. Die Wolken hetzten nur so über den Himmel. Im Süden zuckte ein Blitz und erleuchtete die flache Landschaft für ein paar Sekunden. Die Warften in weiterer Entfernung sahen aus wie Maulwurfshügel.

Harre, Iven und Frauke waren inzwischen angekommen. Ihr „zu Hause“ war eine kleine Bauernkate mit nur zwei Kammern. In der einen wohnte jetzt Iven, nachdem seine Großmutter verstorben war. Die andere war gleichzeitig Wohn- und Schlafraum für seine Eltern. Die Alkoven standen offen, damit sie durchlüften konnten. Nur wenn Besuch kam, wurden sie ganz geschlossen. Dann sah man dem Raum nicht an, dass er auch ein Schlafzimmer mit drei Betten war. Die Matratzen waren mit Stroh gefüllt, das Bettzeug mit frischem Heu. Federn oder Daunen leisteten sich nur die Wohlhabenden.

Iven und seine Mutter betraten das Haus ohne aufzuschließen. Niemand schloss ab. Es gab kaum Diebstahl. Was hätte ein Dieb auch stehlen sollen?

Harre ging um das Haus herum. Es lag direkt hinter dem Deich. Die Hälfte des Hauses nahmen die zwei Kammern mit Diele und Küche ein, die andere Hälfte bestand aus einem Stall für ein Schwein und eine Kuh. Von dort führte eine Leiter unter das Reetdach auf einen Zwischenboden, wo Heu und Futter lagerten.

Harre kletterte auf den Deich, wie er es jeden Abend nach der Arbeit tat. Irgendwie war dieser Abend anders. Das Meer war dunkel und schob seine Wellen langsam rollend den Deich hoch. Der Wind peitschte dabei die Gischt auf, dass es aussah, als wenn das Wasser kochte. Es war Flut. Sechs Uhr. Es war viel dunkler als am Tag vorher zur gleichen Zeit.

Er war unruhig. „Nein“, sagte er sich, „die Deiche sind sicher!“ Es hatte jahrelang gedauert, bis endlich Hilfe von der Geest gekommen war und man dort eingesehen hatte, dass die Instandhaltung der Außendeiche auch den Menschen auf der Geest zu Gute kam. Das Leben hier auf dem Strand war wirklich nicht leicht. Kaum hatte man sich von einer Sturmflut und ihren Folgen einigermaßen erholt, war schon die nächste da. Es war weder Geld noch Arbeitskraft genug da, um alle Deiche ständig auf dem besten Stand zu halten. Es hieß auch seit eh und je „De nich will diiken mut wiiken!“ Der Aufwand war aber viel zu hoch für die Leute. Er konnte unmöglich alleine von den Uthlandern bewältigt werden. Dann war schließlich doch noch Hilfe gekommen, und der Oberdeichgraf von Husum persönlich hatte den Spaten in den fertigen Deich gestoßen und gerufen: „Nun trutz, Blanke Hans!“

Harre dachte, als er die Wellen ankommen sah, ob das wohl nicht gerade eine Herausforderung war, sich nun erst recht auf die Deiche und das Leben dahinter zu stürzen? Ihm war nicht wohl dabei. Aber nicht nur das Meer galt es zurückzuhalten, auch Pest und Seuchen hatten ihren Tribut gefordert.

Das Nachbarhaus stand schon seit vier Jahren leer. Zuerst waren die zwei kleinsten Kinder gestorben, dann folgte ihnen ihre Mutter mitsamt ihrem ungeborenen Kind. Die beiden großen Kinder wurden zu einer Tante nach Königsbüll gebracht. Man hörte nichts mehr von ihnen. Den Vater fand Iven eines Tages tot in seiner Kammer sitzend. Nach dessen schlichter Beerdigung war das Haus so verblieben und wurde dem Verfall überlassen, denn niemand traute sich hinein. Da angenommen wurde, dass der arme Mann sich selbst das Leben genommen hatte, war er neben dem geweihten Grund beerdigt worden, und solche Menschen waren meistens Widergänger. Den Kindern in der Nachbarschaft wurde unter Androhung hoher Strafen verboten, sich dem Haus zu nähern. Je mehr allerdings davon geredet wurde, um so mehr verbreiteten sich die Spukgeschichten.

Die nächste Welle schwappte auf Harres Füße, obwohl er fast oben auf der Deichkrone stand. Der Regen prasselte auf sein Gesicht. Regen? Nein, Hagel! „Hagel im Oktober! Heute Morgen war es noch so schön. Der Gang zur Kirche hatte Freude gemacht in der Sonne“, dachte Harre, „und wie Katrine rot geworden ist, als der junge Fedder sie angeschaut hat!“ Er lächelte nun in sich hinein und freute sich für sein Patenkind.

Eine Böe traf ihn, so dass er beinahe hinten über kippte. Er war wieder hellwach. „Wir haben eiserne Deiche!“ beruhigte er sich. Reiche Kaufleute aus Hamburg hatten sich eingekauft und den Deichbau unterstützt. Ein fettes Vorland sollte der Ertrag werden. „Alle Persönlichkeiten vertrauen auf den neuen Deich. Also wird er halten!“ Warum nur war ihm so unheimlich?

Ein Blitz zischte durch die Luft und erleuchtete die Häuserreihe. Wieder traf ihn eine Böe, diesmal fast von rechts. Der Wind drehte auf Nordwest. Es waren noch drei Stunden bis zum Hochwasser!

Doch die Wellen versuchten schon jetzt unaufhörlich, die Deichkrone zu erreichen. Viel fehlte nicht daran. Harre flog fast den Deich hinunter, als er zurück zum Haus die Deichinnenseite hinab stieg. Er wollte doch lieber Bretter und Säcke vor die Türen legen. Wer weiß, ob die Experten immer Recht hatten.

15

Ingwer Harsen saß in der kleinen Studierstube an seinem Pult. Wie jeden Sonntagabend nutzte er die Muße, um ein paar Aufzeichnungen zu machen. Die Einträge in die Kirchenbücher, Hochzeiten, Sterbefälle oder Taufen erledigte er zumeist sofort, denn das gehörte zu seiner Arbeit. Die dicken, schweren, in Leder gebundenen Kirchenbücher verwahrte er in einem steinalten Eichenschrank. Der war verschließbar, und den Schlüssel dazu versteckte er in seinem Pult. Ingwer hatte aber noch andere Bücher in seinem Eichenschrank. Eines davon lag jetzt vor ihm. So, wie viele Pastoren, sah Ingwer es als seine Pflicht und Notwendigkeit an, der Nachwelt aufzuschreiben, was die Menschen zurzeit bewegte. Vor ihm stand eine flackernde Kerze, sein Tintenfass und die Tasse Kräutertee, die Lucia ihm frisch aufgebrüht hatte. Sie wusste stets, was ihrem Mann gut tat. Nun saß sie in der Stube in einem bequemen Lehnstuhl beim Kachelofen und strickte Strümpfe für ihre Enkel.

Ingwer tauchte seine Feder in das Fass, um ihn herum der Lichtkegel der Kerze. Er schrieb in schönen geschwungenen Buchstaben oben auf die neue Seite:

Sonntag *11. Oktober 1634*
Burchardi *Neumond*

Einige Tage war es schönes, ruhiges und sonniges Wetter gewesen, so, wie man sich den goldenen Oktober nur wünschen kann. Auch heute Vormittag war es noch schön. Die Menschen kamen von weither zu Fuß zur Kirche, auch die vom Deich hatten den langen Weg nicht gescheut. Sie sind ein raues, aber friedliches und geduldiges Volk. Doch sie lassen sich auch nicht über Gebühr provozieren, wie man vor sieben Jahren sehen konnte. Zu hunderten haben sie sich mit allem, was sie hatten, Forken und Spaten, gegen die Besetzung mit kaiserlichen Truppen Tillys und Wallensteins zur Wehr gesetzt. Der Fluch des Herzogs klingt uns jetzt noch in den Ohren und hängt wie ein Damoklesschwert über uns: „Eure Insel soll so tief unter das Wasser versinken, wie sie jetzt darüber liegt." Gott beschütze uns davor! Doch nun, wo die Deiche ausgebessert sind, können wir wohl ruhig schlafen, so Gott will.

Wir hatten ein gutes Erntejahr und können dankbar sein. Nächste Woche wollen wir Erntedankfest feiern. Die jungen Leute freuen sich schon darauf.

Er hörte auf zu schreiben und dachte: „Katrine und Fedder habe ich beobachtet, wie sie sich Blicke zugeworfen haben. Sie wären ein schönes Paar. Kommt mir wie gestern vor, dass ich sie getauft habe. Ja, das Leben geht weiter."

Er schrieb weiter:

Es ist ordentlich stürmisch geworden. Gegen drei Uhr fing es schon an mit Wind und Regen aus Ost. Inzwischen ist er auf Südwest gedreht und hat zugenommen. Man kann draußen kaum noch vorwärts kommen.

„Ich will noch einmal hinüber in die Kirche gehen und den Herrn um seine Gnade bitten", dachte er sich, schloss sein Tintenfass, ließ aber Buch und Feder liegen, denn er wollte später noch weiter schreiben. Dann schob er den Stuhl über die Dielen zurück, dass es polterte, nahm seine wollene Jacke vom Haken und zog sie an, während er nach draußen ging. Vor der Tür zog er gleich den Kragen hoch in den Nacken und hielt ihn mit beiden Händen fest. Er hatte es nicht weit, das Pastorat lag am Rande des Kirchhofes, der die Kirche umgab. Es war gut, dass er den Weg kannte wie seine Westentasche, denn es war Neumond, und er konnte kaum etwas sehen.

An der großen Kirchentür angekommen, sah Ingwer, wie schon hunderte Mal zuvor, die Linien gleich rechts neben der Kirchentür, die den Wasserstand bei den vergangenen Sturmfluten kennzeichneten. Sie wirkten auf Ingwer wie ein Mahnmal. Die höchste reichte Ingwer bis zum Bauch. Sie sollte von 1362 sein, der größten aller Springfluten, die immer dann hereinbrechen, wenn Sturm von Nordwesten und Neumond zusammentreffen. „Wenn der Wind noch weiter dreht, dann werden wir heute auch wieder eine Springflut bekommen!“ Ingwer versuchte, an etwas Anderes zu denken und diesen schrecklichen Gedanken abzuschütteln. Er wollte für alle beten und hoffte, dass seine Gemeinde ihm gleichtäte. Nach ein paar Schritten stand er vor der geschnitzten Figur von Jesus am Kreuz. Er bat um Vergebung für alle Sünden und darum, dass Gott das Land und die Menschen verschonen möge.

16

Moder war in ihren Alkoven gestiegen und lag nun laut schnarchend da, den Kopf in die mit Heu gefüllten Kissen vergraben. Die Türen standen offen. Ihr Mund stand auch offen. Wabe und Katrine saßen am Tisch, der direkt vor den zwei Fenstern der Stube stand. Die Scheiben waren gewölbt und in vier Felder unterteilt, Butzenscheiben nannten sie sie. Große Glasflächen konnte man nicht herstellen. Vor den Fenstern hingen gehäkelte Gardinen. Moder hatte sie vor vielen Jahren gemacht, als sie noch gut sehen konnte. Alles war selbst gemacht, die Tischdecke, die Bettwäsche und auch das, was sie auf dem Leib trugen.

Im Winter saßen die Frauen meistens zusammen und verarbeiteten die Wolle der Schafe und den Flachs zu Garn. Es wurde gesponnen, gehaspelt und gezwirnt. Dann wurde gestrickt, gehäkelt oder gewebt. Jeder Haushalt besaß ein Spinnrad und eine Haspel. Einen Webstuhl allerdings besaß nicht jeder. Die reichen Leute ließen arbeiten, wodurch sich die ärmeren wiederum ein Zubrot verdienen konnten. In Rörbeck gab es auch Weber, die für Lohn arbeiteten. Sie wohnten in einem der Häuser am Deich. Lorenz und Marie Weber wurden sie genannt. Das Beizen, Färben und Drucken der fertig gewebten Stoffe übernahmen mittlerweile auch Familien, die sich darauf spezialisiert hatten. Das Blaufärben mit Indigo, das gerade so modern war, war eine schmutzige Arbeit und auch gesundheitlich nicht ganz unbedenklich. Doch wer wollte schon immer in wollweiß herumlaufen.

Wabe trug noch immer ihre schöne, friesische Sonntagstracht, mit dem in Blautönen gewebten Rock, der in weiten Falten fast bis auf die Knöchel reichte. Das Oberteil war eine enge dunkelblaue, fast schwarze Bluse mit einem Schößchen, fein gewebt. Die Ärmel- und Ausschnittkanten waren reichlich mit Biesen und kleinen Perlen verziert. Ein feines Halstuch rundete den Ausschnitt ab und wurde von einer filigranen Silberbrosche gehalten. Das Prunkstück der Tracht jedoch war die silberne Kette mit den Silberknöpfen, die von einer Schulter zur anderen über der Brust hing. Man sagte, dass an der Kette der Reichtum einer Braut ablesbar wäre. Die hübsche Haube und die weiße, hauchdünne Schürze hatte Wabe schon abgelegt.

Katrine trug eine ähnliche Kleidung wie ihre Mutter, nur schmucklos. Die Bluse wurde am Hals mit Bändchen geschlossen, und das Gewebe war nicht so dick und daher auch nicht so schwer. Später würde Katrine einmal Wabes Tracht erben, so wie diese sie von Moder übernommen hatte. Meistens kam in jeder Generation ein neuer silberner Knopf dazu. Wenn eine solche Tracht umständehalber verkauft werden musste, dann empfand die Familie das als Schande.

All diese Sorgen hatte Lane nicht. Die alte Neufundländerdame hatte einen dicken, schwarzen Pelz. Ihr war nie zu kalt, und sie liebte raues Wetter. Doch ihr Frauchen hatte sie mit ins Haus genommen, warum, das wusste sie nicht. Nun lag sie schläfrig in der Hausdiele, dem Flur, der das Haus quer durchlief und die Wohnung vom Stall trennte. An jedem Ende war eine Tür. Je nach Wetter konnte man die eine oder die andere benutzen. Heute war viel Wind. Er wehte jetzt aus Nordwest. Der Regen prasselte gegen die Scheiben. Gemütlich war das nicht. Die Uhr schlug neun. Draußen war es stockdunkel. Kein Mond!

„Sollen wir auch schlafen gehen?“ fragte Wabe ihre Tochter. „Ich weiß nicht, Mutter“, entgegnete Katrine, „heute morgen war ich noch so froh, und jetzt fühle ich mich so bedrückt, als stünde mir etwas Schlimmes bevor!“ Sie sagten eine Weile nichts, denn jeder glaubte zu wissen, was der andere gerade dachte. „Vermisst du Vater nicht?“ wollte sie dann wissen. „Natürlich, das weißt du doch. Er fehlt mir sehr“, sagte Wabe. „Wie habt ihr euch kennen gelernt?“ forschte sie weiter. „Das ist eine lange Geschichte. Aber warum fragst du?“ kam Wabe mit einer Gegenfrage, um Zeit für eine Antwort zu gewinnen. „Na ja, nur so!“ Sie dachte an Fedder, was ihr wieder die Röte auf die Wangen trieb. „Hast du einen Schatz?“ fragte Wabe direkt. Katrine blieb der Mund offen stehen vor lauter Überraschung. „Ist schon gut, du brauchst nichts zu sagen. Ich sehe es dir schon an!“ Wabe lächelte ihre Tochter an, bohrte aber nicht weiter nach. Sie wusste, dass ihr Katrine das Geheimnis schon bei Zeiten verraten würde. Sie konnte es nicht lange vor ihrer Mutter verbergen.

„Ich glaube, ich kann gar nicht schlafen. Mir ist, als wenn heute noch etwas passiert. Mein Kopf schmerzt auf einmal so. Es rauscht darin wie das Meer!“ „Das ist die erste Liebe!“ meinte Wabe.

Ein Blitz zuckte am Himmel, und kurz darauf folgte laut krachend der Donner. Beide Frauen schrien vor Schreck auf. Moder hatte nichts gehört. Sie schnarchte weiter. „Was für ein verrücktes Wetter!“ stöhnte Wabe. „Ich weiß auch nicht recht.“ Lane bellte hinter der Tür. Katrine ließ sie in die Stube. Der Hund verkroch sich sogleich unter dem Tisch zwischen den Füßen von Wabe und Katrine. „Harre und Iven haben ja alles festgemacht. Eigentlich müssten wir sicher sein.“ „Wir legen uns einfach so auf die Betten“, schlug Katrine vor, „wir ziehen uns gar nicht aus. Dann sind wir schnell fertig, wenn es schlimmer wird.“ Wabe nickte zustimmend. Beide standen auf, streiften ihre Holzschuhe von den Füßen und ließen sich auf ihren Alkovenbetten nieder, nachdem Lane wieder auf die Diele verbannt worden war. „Gute Nacht Mutter.“ „Gute Nacht, Katrine, träum etwas Schönes!“

17

Harre hatte sein Haus so gut es ging gesichert. Ein bisschen verbittert war er doch, dass sein jüngerer Bruder schon verstorben war, und dass nun dessen Frau hoch und trocken auf der Warft in seinem Elternhaus wohnte, während er mit seiner Familie in dieser kleinen, einfachen Kate auf flacher Erde leben musste.

Frauke liebte ihn, das wusste er, obwohl sie es wirklich nicht leicht hatte. Fünf Kinder hatten sie zusammen gehabt, aber nur Iven war ihnen geblieben. Zwei Jungen waren im Alter von acht und neun Jahren an den Blattern gestorben. Ein Mädchen hat, kaum fünf Monate alt, morgens tot in der Wiege gelegen, und das letzte Kind war tot geboren worden. „Gott hat es so gewollt", sagten sie sich, um es ertragen zu können. Die Frage nach dem Warum stellte sich einem gläubigen Christen nicht.

Frauke wollte nicht noch einmal schwanger werden. Sie hatte Angst, wahnsinnig werden zu müssen, wenn ihnen wieder ein Kind sterben würde. Vier kleine Gräber pflegte sie nun schon auf dem Friedhof bei der Kirche. Auch heute Vormittag, nach dem Gottesdienst, war sie wieder zu ihren verstorbenen Kindern gegangen und hatte leise zu ihnen gesprochen. Den ganzen Weg bis zu Wabes Warft hatte sie an sie gedacht, bis Harre sie mit sich nach Hause gezogen hatte. Sie war erst neunundzwanzig Jahre alt und hatte schon so viel Leid erlebt. Ihre Eltern lebten seit vielen Jahren nicht mehr, und zu ihrer Schwiegermutter, Moder, hatte sie kein gutes Verhältnis. Sie ließ es sie immer spüren, dass sie nicht ihre Wunschschwiegertochter war. Deshalb war Frauke nach der Kirche auch gar nicht mit zur Warft hinauf gegangen, sondern hatte unten gewartet und war ihren Gedanken nachgegangen.

Als Harre zur Tür herein kam, saßen Frauke und Iven in der Küche am Tisch. Wie jeden Sonntagabend gab es Brot, Käse und kalten Speck. Frauke hatte dicke Scheiben abgeschnitten. Den Käse und den Speck aß man dazu. An anderen Abenden gab es meistens Grütze oder Brei. Manchmal gab es dazu warmes Bier, das Frauke selbst herstellte, indem sie altes Brot mit warmem Wasser übergoss und einige Tage gären ließ. Danach wurde es abgezogen und in einen großen Tonkrug gefüllt. Das Bier war eine willkommene Abwechslung zum Kräutertee. Harre liebte Fraukes Bier. Auch heute hatte sie ihm einen Krug voll eingeschenkt. „Ah, das tut gut, Frauke“, lobte er sie. „Draußen ist es schrecklich, ich konnte mich kaum auf den Beinen halten. Das Wasser steht an der Deichkrone. Höher darf es nicht steigen! Vielleicht hätten wir doch lieber bei Wabe auf der Warft bleiben sollen.“ Frauke beruhigte ihn und sagte: „Lass gut sein, Harre, hier ist unser Zuhause! Wir sind im Osten, hinter dem Deich. Der Wind kommt von Nordwest. So schlimm wird es hier nicht werden. Und wenn das Wasser über die Deichkrone läuft, dann gehen wir eben auf den Boden und bleiben dort, bis die Flut vorüber ist.“

Iven fragte seine Eltern, ob er etwas nach oben tragen sollte. Er war zehn Jahre alt und hatte bereits zweimal eine Nacht auf dem Boden verbracht, weil die Sturmflut mit ihren gierigen Fingern über den Deich nach ihrer armseligen Behausung gegriffen hatte.

Eine Truhe mit Wolldecken und alter Kleidung stand ohnehin immer auf dem Boden bereit. Auch Talgkerzen und Zündhölzer lagerten auf einem Balken. Ein Tau hing sauber, in große Bögen geschlagen, über einem Haken.

Iven kletterte die Leiter hinauf durch die Lucht, eine offene Stelle in der Decke zwischen den Trägerbalken. Er trug einen Korb mit den Resten vom Abendbrot. Er stellte ihn auf einem Sack mit Getreide ab. „Bleib gleich oben!“ ordnete Harre an, „ich reiche dir noch ein paar Sachen hoch.“ So stand Iven oben an der Lucht und Harre reichte ihm einige Dinge hoch, zum Beispiel eine Schatulle mit wichtigen Unterlagen, die Iven nicht kannte. Auch Fraukes Spinnrad gelangte nach oben und die Wiege, die Frauke auch mit in die Ehe gebracht hatte. Dann kletterte Iven wieder hinunter.

Er schaute in die Gesichter seiner Eltern und versuchte, an ihnen abzulesen, wie dramatisch die Lage wirklich war. „Geh zu Bett!“ sagte Frauke, „es ist schon neun. Morgen gibt es viel Arbeit!“ „Ja, Mutter.“ Iven war ein lieber Junge und sehr folgsam. Er war nie aufsässig, so wie einige seiner Kameraden. Er war sowieso gerne alleine und las in Büchern, die er in der alten Truhe auf dem Boden gefunden hatte, oder er half seinem Vater bei der Arbeit.

Harre steckte sich seine Tonpfeife an. An Sonntagen gönnte er sich diesen Luxus. „Ich gehe noch einmal auf den Deich und schaue nach, ob das Wasser zurückgeht. Es ist schon zwei Stunden nach der Flut.“ Damit verschwand er aus der Tür. Frauke räumte noch ein paar Sachen auf und begab sich dann zu Bett in ihren Alkoven. Das Bettzeug fühlte sich klamm an. Wenn morgen die Sonne wieder schiene, dann wollte sie die Betten zum Lüften hinaustragen. Doch nun zog sie die Füße hoch unter ihr Leinennachthemd, um sie zu wärmen. „Hoffentlich kommt Harre auch gleich“, dachte sie, „ihm ist immer warm.“

Iven hatte sich die Zudecke bis an die Nase gezogen. Nun schauten bloß der strohblonde Schopf und ein Paar große, blaue Augen unter der Decke hervor. Er konnte nicht einschlafen. Etwas war anders als sonst. Auf den Stuhl vor dem Alkoven hatte er die Tranfunzel gestellt. Er kam sich verloren vor in dem zweischläfrigen Bett. Wie schön es doch gewesen war, als Großmutter noch lebte. Wie oft war er hier zu ihr ins Bett gekrochen, und sie hatte ihm Geschichten von früher erzählt. Dabei war er meistens eingeschlafen.

Doch jetzt lag er da und starrte aus dem Alkoven heraus in die kleine Altenteilerkammer. Alles war aus Holz. Selbst die Wände waren mit Holzbrettern vertäfelt. Es war die einzige Isolierung. Der Raum war sehr niedrig. Ein Onkel, der einmal zu Besuch war, konnte gerade so eben aufrecht stehen, ohne mit dem Kopf an die Decke zu stoßen, die auch mit Holz verkleidet war. Rings herum lief in Kopfhöhe die so genannte „Hohe Kante“, eine Ablage, auf die alles Wichtige gelegt wurde, das vor Kindern oder vor Wasser geschützt werden musste. Großvater hatte dort immer sein Gewehr liegen. Wo das jetzt war, wusste er nicht. Ivens Augen wanderten zum Fußboden, auf dem seine kleinen Holzschuhe nett nebeneinander standen. Der Kammerboden war rotbraun, aus gestampftem, mit Rinderblut gemischtem Lehm gemacht, wie in allen alten Häusern. Tante Wabe, auf der Warft, hatte schon gebrannte Ziegel als Fußboden in den Räumen. Und die reichen Leute, so wie der Hövetmann, die hatten sogar Kacheln an den Wänden, Kacheln mit blauen Bildern aus Delft in Holland.

Plötzlich krachte es an der Wand hinter ihm, so dass er zusammenzuckte und aus seinen Gedanken gerissen wurde. Er horchte, aber nichts weiter geschah. „Vielleicht ist draußen im Sturm etwas umgefallen“, dachte er. „Da, wieder! Was ist das bloß? Vater ist ja draußen. Der wird schon alles fest machen“, dachte er sich, drehte sich auf die andere Seite zur Wand und versuchte einzuschlafen.

18

Direkt am Deichweg, der die Insel fast vollständig von Nord nach Süd durchlief, lagen einige Höfe dichter beieinander. Das war etwa auf der Hälfte des Weges zwischen Wabes Hofwarft und der Kirchwarft. Man konnte nicht wirklich von einer Dorfmitte sprechen, denn die anderen Höfe und Warften lagen teilweise recht verstreut. Doch hier gab es eine Häufung, und unter den Gehöften befand sich auch die Wirtschaft, der Dorfkrug. Er schloss auch einen Kramladen mit ein, in dem man das Wichtigste bekommen oder zumindest bestellen konnte.

Der Krug unterschied sich nicht wesentlich von den anderen Höfen, außer, dass er eine breitere Zufahrt hatte, eine Wagenremise und einen größeren Stall. Wenn einmal Gäste über Nacht blieben, konnten Wagen und Pferde untergestellt und versorgt werden. Es gab zwei bescheidene Räume zur Übernachtung für Fremde.

Jetzt, zu Kriegszeiten, kamen nicht viele Menschen hier vorbei. Jeder war froh, wenn er keine Geschäfte in der Ferne hatte. Natürlich, als der Herzog mit seinem ganzen Gefolge kam, um Soldaten hier zu stationieren, wurden die Räume einfach beschlagnahmt. Es herrschten ohnehin schon Armut und Hunger genug durch häufige Überflutungen, Seuchen und Krieg. Und dann sollten sie auch noch hunderte von Soldaten durchfüttern, ein raues, unkultiviertes, ungewaschenes Söldnervolk.

Nach dem Aufstand der Bauern gegen den Herzog waren schließlich alle Gefolgsleute wieder abgezogen, und es war Ruhe eingekehrt, jedenfalls für eine kurze Zeit.

In der kleinen Gaststube, die ganz früher einmal der Pesel des Hauses gewesen war, saßen fünf Männer um einen schweren Eichentisch. Einige Krüge mit Bier standen vor ihnen. Die lauten Stimmen zeugten davon, dass sie schon mehrere Krüge geleert hatten. Sie führten eine lebhafte Unterhaltung. Wie so oft drehte es sich wieder um die Deiche.

Alle Herren waren mittleren Alters. Nach ihrer Kleidung und ihrer Körperfülle zu urteilen, gehörten sie nicht zu den Geringen im Dorf. „Es ist schon wahr, wir können unsere Deiche und die andauernden Reparaturen nicht mehr selbst tragen", gab einer der Deichgevollmächtigten zu, „wir brauchen solche reichen Kaufleute wie die von Amsincks aus Hamburg!" „Schon", entgegnete der Hardesvogt, der aus einem der Nachbarorte herüber geritten war", aber die spenden ihr Geld auch nicht aus lauter Nächstenliebe! Das ist reines Geschäft! Und am Ende haben wir nichts mehr mitzureden!" „Ich bin froh, dass die ganze Arbeit nicht mehr nur an uns hängen bleibt und wir unsere Felder vernachlässigen müssen, um die Deiche zu flicken. Lass sie doch kommen aus Dänemark oder Holland. Wenn die da nicht genug Arbeit haben und wir sie nicht bezahlen müssen!" bemerkte der Hövetmann von Rörbeck.

Der alte Deichgraf lehnte sich, wichtig schauend, zurück und fügte hinzu: „Ich wäre auch froh, wenn ich mich endlich aufs Altenteil zurückziehen könnte. Ich habe es auch satt, die Bauern von den Feldern zu holen oder ihnen die Wagen für den Transport der Erde abzufordern. In diesen Tagen wird man zum meistgehassten Mann!" „Ach, das steckst du doch gut weg, Knut. Du weißt doch, dass die es nicht persönlich meinen. Irgendwo müssen sie mit ihrem Ärger doch hin. Und du hast einen breiten Rücken und einen dicken Bauch!" Der Hardesvogt lachte und klopfte dem Deichgrafen dabei freundschaftlich mit der flachen Hand auf den kugeligen Bauch. „Pass nur auf, Ole", entgegnete Knut, „dir geht's auch noch an den Kragen." Dabei hob er seinen rechten Arm drohend in die Höhe und drückte dem Hardesvogt, Ole Andresen, seinen ausgestreckten Zeigefinger auf die Brust.

„Was ist, habt ihr keinen Durst mehr?" brachte sich der Wirt in die Debatte ein. Er wollte noch ein bisschen verdienen. „Ja", sagte

Ole, „bring noch eine Runde auf meine Rechnung, und dann will ich sehen, dass ich nach Hause komme, sonst kriege ich mit meiner Ellin Ärger.“

„Auf unseren Vogt!“ ging es durch die Runde, angeführt vom Kirchenvorstand. „Das kannst du gut“, sagte Ole, „aber bis du mal einen ausgibst, da können wir lange warten!“ Alle lachten, denn sie wussten, dass Johannes Jansen zu Hause nichts zu lachen hatte. Wahrscheinlich nahm ihm seine Frau alles Geld ab.

Mittlerweile war es halb zehn. In der feucht fröhlichen Stimmung hatten sie alle die Zeit vergessen. Nun war es ja eh dunkel, da kam es auf eine Stunde nicht an.

19

Lorenz Martensen war Müller auf der Mühle von Gut Lindenau. Die Mühle stand nicht direkt beim Gut, sondern südöstlich von Rörbeck. Fedder wollte auch Müller werden, durfte aber das Handwerk nicht beim Vater erlernen. Deshalb ging er zur Mühle nach Morsum in die Lehre. Da der Sturm so zugenommen hatte, musste die Mühle gesichert werden. Fedder hatte dem Vater abends schon geholfen, die Segeltücher von den Flügelscheiten zu nehmen. Die alte Bockwindmühle hatte keine Chance, wenn der Wind die Flügel in seine Gewalt brachte. Obwohl die Tücher geborgen waren, zerrte der Wind immer noch an der Holzkonstruktion. Lorenz hatte die Mühlenflügel aus dem Wind gedreht und zusätzlich noch ein Tau an einem Bolzen im Boden festgemacht, das das drehbare Mühlengehäuse festhielt. Danach hatten Fedder und Lorenz abwechselnd Wache gehalten.

Neben der Mühle stand das Müllerhaus. Es hatte, wie alle anderen, einen Wohnteil und einen kleinen Stallteil für ein Schwein und eine Kuh. Fedders Vater hatte sich in der Döns auf die Bank beim Kachelofen gelegt, um sich auszuruhen, denn die Arbeit auf der Mühle war harte Knochenarbeit. Er wollte seine Frau Syke nicht stören. Die lag schon im Bett und schlief, dachte Lorenz jedenfalls.

Doch Syke schlief noch nicht. Sie hatte den kleinen Matz aus seiner Wiege zu sich ins Bett geholt und stillte ihn. Dabei summte sie ein uraltes Kinderlied. Matz war ein halbes Jahr alt, ein wonniges kleines Kerlchen. Auch Fedder liebte ihn. Er war sein Halbbruder. Fedders Mutter war vor fünf Jahren an der Lungenkrankheit gestorben und hatte seinen Vater mit zwei kleinen Kindern hinterlassen.

Syke war damals Magd auf dem Gut gewesen und von ihrem Herrn ab und zu zur Mühle gesandt worden, um nach dem Haushalt zu sehen. Lorenz hatte dazu keine Zeit. Die Mühle musste laufen. Die Kinder hatten Syke gleich gern. Sie hatte so eine fröhliche, gewinnende Art. Sie war ja auch noch jung damals, gerade achtzehn Jahre. Beim Aufräumen sang sie und tobte mit den Kindern. Einmal, als sie dem Müller das Frühstück hinüber auf die Mühle bringen wollte, geschah es dann.

Sie hatte einen Korb mit Brot, Käse und Äpfeln in der einen Hand und einen Krug mit frischem Wasser aus dem Brunnen in der anderen. Sie stapfte in ihren Holzpantoffeln auf dem schmalen Pfad, der sich vom Haus durch die Heide zur Mühle hin schlängelte. Der Fahrweg mit der Wendeschleife für die Fuhrwerke war genau auf der anderen Seite. Um in die Mühle zu gelangen, musste Syke ein paar Stufen hochsteigen. Die waren breit und sicher, denn es mussten auch Säcke mit Getreide oder Mehl problemlos in die Mühle hinein oder heraus gelangen. Vom Bock aus, der fest im Boden verankert war, führte eine Art Stiege in die eigentliche Mühle. Oben auf der Stiege angekommen, musste man einen weiten Schritt oder einen Sprung machen, um in das Mühlengehäuse zu kommen. Es drehte sich mit dem Wind, anders als die holländischen Mühlen, bei denen sich nur die Kappe mit den Flügeln dreht. Deshalb war es den Kindern auch strengstens verboten, die Mühle zu betreten.

Syke hatte oben auf der obersten Stufe gestanden und nach Lorenz Ausschau gehalten. Den Korb und den Krug hatte sie schon hinüber auf den Mühlenboden gestellt, um die Hände frei zu haben. Sie hatte sich dabei ordentlich recken müssen. Sie drehte sich, konnte Lorenz aber nicht entdecken. Rufen half nichts, dafür war das Mahlwerk viel zu laut. Sie wollte das Essen dort aber auch nicht einfach stehen lassen, denn sie mochte gerne bei Lorenz sitzen, wenn er Pause machte. Sie freute sich, wenn es ihm schmeckte. Aber es gefiel ihr noch mehr, wenn er ihr Komplimente machte.

Sie hatte sich in ihn verliebt, aber sie war ja nur eine kleine Hausmagd ohne jegliches Vermögen. Also hatte sie ihre Gefühle bisher streng in ihrem Herzen eingeschlossen. Sie gab sich mit seiner Nähe und seinen netten Worten zufrieden. Auf dieses Minimum allerdings wollte sie nicht verzichten. Sie raffte ihre Röcke und hielt sie mit der linken Hand hoch, während sie sich mit der rechten noch an der Stiege festhielt. Dann setzte sie zum Sprung an und schaffte es auch, die Lücke zu überwinden. Doch der zweite Fuß blieb mit dem Holzpantoffel an der Fußbodenkante hängen, und es gab nichts, woran sie sich hätte festhalten können. Sie rutschte wieder zurück, schrie laut auf und fiel rückwärts durch die Öffnung im Boden der Mühle. In Bruchteilen von Sekunden schoss es ihr durch den Kopf: „Das ist die Strafe für deine unmoralischen Gedanken! Jetzt bist du tot!“

Aber sie landete weich, direkt in den starken Armen von Lorenz. „Was machst du denn, Syke?“ hatte er gefragt, „du hättest dir das Genick brechen können! Gut, dass ich gerade hier stand.“ „Ich wollte dir das Frühstück hinaufbringen“, stammelte sie. „Ich bin daneben getreten. Oh, mein Gott, du hast mich gerettet!“ Syke waren die Tränen der Freude und des Entsetzens gleichermaßen über die Wangen gerollt. Lorenz setzte Syke vorsichtig ab, ließ sie aber nicht los. Sie stand auf Strümpfen da, denn die Holzpantoffeln waren beim Fallen von den Füßen gerutscht. Ohne Schuhe reichte sie Lorenz gerade bis zur Schulter.

Sie wollte ihre Schürze nehmen, um sich die Tränen abzuwischen, aber Lorenz kam ihr zuvor. Er nahm ihren Kopf zärtlich zwischen seine groben, abgearbeiteten Hände, beugte sich zu ihr hinunter und küsste ihr jede einzelne Träne vom Gesicht fort. Dann hob er sie auf die zweite Stufe der Stiege, umfasste sie fest mit beiden Armen und begann, sie auf den Mund zu küssen. Sie versuchte nicht, sich zu wehren. „Gott hat mich in seine Arme fallen lassen. Es soll so sein“, dachte sie glücklich. Sie legte ihre Arme um seinen Hals, und er zog sie noch enger an sich heran, bis er ihre weichen Brüste spürte. Es war schön, wieder eine Frau in den Armen zu halten. Er wollte sie gar nicht wieder loslassen.

„Komm mit nach oben, ich helfe dir!“ ermutigte er sie. Er kletterte voraus, sprang wendig mit seinen langen Beinen über die Lücke und wartete, bis Syke auch oben war. Nun sprang auch sie noch einmal, diesmal ohne Schuhe und mit Hilfe ihres Liebsten, der sie auf der anderen Seite zu sich zog.

Sie setzten sich auf die Getreidesäcke, die darauf warteten, verarbeitet zu werden, und frühstückten zusammen. Dabei fütterten sie sich gegenseitig und waren albern wie die Kinder. Als alles aufgegessen war, ließen sie sich einfach zurückfallen und schauten hoch in das Getriebe der Mühle. „Ich bin so glücklich“, sagte Syke. „Ich auch“, erwiderte Lorenz und drehte sich auf die Seite zu ihr hin. Er strich ihr mit seiner Hand über das Haar und über die Wangen. „Küss mich noch einmal!“, bat sie. Er ließ es sich nicht zweimal sagen, beugte sich über sie und küsste sie noch inniger als zuvor. Ihr wurde ganz schwindelig vor Glück. Alles drehte sich. „Lorenz!“ „Syke!“ Er streichelte sie zärtlich, sie strich ihm mit ihren Fingern durch die Haare. Er küsste sie auf die Lippen, dann auf den Hals und auf die Brust, die das verrutschte Tuch freigab. Dabei strich er mit den Händen über ihren ganzen Körper, der sich genüsslich an ihn schmiegte.

„Vater, Syke, wo seid ihr?“ rief es von unten. „Warum liegen denn Sykes Pantoffeln hier?“ hatte Fedder damals gerufen, seine kleine Schwester Magdalene an der Hand. Syke und Lorenz waren hoch geschreckt aus ihrem Liebestaumel. „Hier oben, Kinder, bleibt da, wir kommen runter!“ Syke zupfte ihre Kleider zurecht, und dann half Lorenz ihr wieder hinunter. Den Korb und den Krug nahm er mit. Beim Hinunterklettern sagte Lorenz zu Syke: „Ich werde den Herrn von Lindenau bitten, dich freizugeben.“ „Ist es dir ernst?“ fragte Syke unsicher. „Ganz ernst!“ entgegnete Lorenz.

Gutsherr von Lindenau ließ seine Magd ziehen. Ihm war ohnehin klar gewesen, dass es so kommen musste: die junge Frau und der noch nicht alte Witwer! So hatte Lorenz wieder eine Frau an seiner Seite, Fedder und Magdalena eine neue Mutter. Sie waren eine sehr glückliche Familie, und Lorenz weinte vor Freude, als der kleine Matz geboren wurde. Das war im letzten Frühling gewesen.

Lorenz waren auf der Ofenbank vor Müdigkeit die Augen zugefallen. Seinem Lächeln im Gesicht war zu entnehmen, wovon er träumte. Fedder hockte auf der Stiege in der Mühle und vertrieb sich die Zeit mit Schnitzen. Eine Tranfunzel gab ihm gerade genug Licht dazu. Während er schnitzte, gingen seine Gedanken zu Katrine. Mit seinen Augen strich er im Geiste über ihren jugendlichen Körper. Er erinnerte sich, wie sie ihn in der Kirche angelächelt hatte, und wie sie rot geworden war, als er zurückgelächelt hatte. Auf dem Mittelgang hatten sich ihre Hände berührt. Zufällig? Es war nur eine kurze Berührung, aber sie hatte ausgereicht, den Mann in ihm zu wecken. Seitdem ging sie ihm nicht mehr aus dem Kopf. „Hoffentlich darf sie zum Erntedankfest kommen", dachte er und malte sich aus, wie sie den Abend miteinander verbringen würden.

20

Die Menschen hatten sich fast alle zu Bett begeben. Der Sonntag war vorüber, und ein neuer Arbeitstag stand bevor. Moder schnarchte immer noch, und Wabe träumte von alten Zeiten. Katrine döste im Halbschlaf. Sie war unruhig und wälzte sich von einer Seite auf die andere. Ihre Warft stand einzeln, und der Sturm heulte ums Haus. Auch Donnergrollen war ab und zu noch durch die Nacht zu hören.

Nur in der Wirtschaft brannten noch die Tranfunzeln. Der Hardesvogt hatte sich inzwischen auf sein Pferd helfen lassen und war auf dem Heimweg nach Stintebüll. Der Regen prasselte auf ihn nieder. Sein Umhang flog im Sturm zur Seite, so dass er nach kurzer Zeit bereits durchnässt war. Der Knecht, der ihm geholfen hatte, aufzusitzen und nun auch nass und durchgefroren war, hatte sich noch allerlei Beschimpfungen anhören müssen. Es war nicht leicht gewesen, den beleibten alten Herrn auf das Pferd zu bekommen. Sie hatten mehrere Versuche unternehmen müssen. Das viele Bier im Bauch machte ihn auch nicht leichter oder gelenkiger. Natürlich traf den Vogt keine Schuld. Er war von Natur aus im Recht.

Die anderen harrten immer noch am Stammtisch aus. Inzwischen hatten sie neue Themen. Sie zogen über ihre Frauen her, und jeder behauptete, es schlimmer getroffen zu haben als der andere.

Pastor Harsen hatte seine Bücher inzwischen wieder in den Eichenschrank geschlossen. Seine Kerze war heruntergebrannt. Es war ein langer Tag gewesen, ein schöner Tag, zumindest bis mittags. Wenn nur das Wetter sich beruhigen würde! Er saß an seinem Pult in der Studierstube und ließ den Tag in seiner Erinnerung an sich vorüberziehen. Sein Blick war nach innen gerichtet, fiel aber auf das kleine Fenster vor seinem Pult. Schwarz war die Nacht hinter den Scheiben. Der starke Nordwest trieb die Regentropfen waagerecht dagegen. In ihrer Beständigkeit hatten sie etwas Monotones, sogar Beruhigendes an sich. Der Pastor nickte ein. Sein Kinn fiel auf die Brust. Beim Ausatmen kam die Luft in kurzen Pfiffen aus seinem schmalen Mund. Die Hände und Füße zuckten manchmal. Er schien zu träumen.

Lucia lag schon lange in ihrem Bett. Das Pastorat hatte keine Alkoven. Jeder Pastor brachte bei Neubesetzung der Stelle sein eigenes Bett mit. Auch die neu gebauten Häuser hatten teilweise keine Alkoven mehr. Sie hatten mehr Räume und somit auch eine Schlafkammer mit Betten.

Lane wurde unruhig. Sie stand Schwanz wedelnd vor der Stubentür und bellte oder knurrte leise. Als niemand reagierte, lief sie aufgeregt in der Diele hin und her und bellte noch lauter und eindringlicher. Es rührte sich noch immer nichts. Wabe lag wach und hoffte, dass der Hund gleich Ruhe geben würde. Es war kalt, es war dunkel, und es regnete immer noch. Auch der Sturm hatte sich noch nicht gelegt. Sie wollte nicht aufstehen und wartete noch ab.

Lane gab nicht auf. Sie jaulte und fing an, mit ihren großen Neufundländerpfoten an der Tür zu kratzen. Sie stand dabei auf den Hinterbeinen, als könne sie so die Tür eindrücken.

Im zweiten Alkoven in der Döns wachte Katrine nun aus ihrem Halbschlaf auf. Sie schoss erschrocken hoch, saß aufrecht auf dem Bett und versuchte, einen klaren Gedanken zu fassen. Sie hatte von polternden Männern geträumt, die versuchten, in das Haus einzudringen und sich in ihren Räumen breit zu machen. Nun saß sie da, und es wurde ihr langsam bewusst, dass das Geräusch echt war und von der Tür herkam. Sie schwang ihre Beine aus dem Bett und tastete mit den Füßen nach ihren Schuhen.

Lane sprang wieder gegen die Tür und kratzte mit den Krallen. Beim Abrutschen blieb sie mit der linken Pfote auf der Türklinke hängen und drückte sie dadurch nieder. Die Tür flog auf und krachte auf der Hinterseite gegen den Beilegeofen.

Katrine war gerade aufgestanden, um nach der Hündin zu sehen, da stürzte diese zur Tür herein und auf sie zu, so dass sie sie beinahe umwarf. Lane winselte, jaulte und bellte Katrine an. Gleichzeitig stupste sie sie mit ihrer großen schwarzen Nase und schaute sie dabei herausfordernd an, was Katrine im Dunkeln allerdings nicht sehen konnte. „Was ist denn, Lane? Bist du verrückt geworden?“ fragte sie die Hündin, als wenn sie ernsthaft eine Antwort erwartete. Sie beugte sich zu Lane hinunter und streichelte ihren Kopf, um sie zu beruhigen. „Ist ja gut, Lane, es ist doch nichts!“

Wabe hatte sich auch aufgesetzt und rieb sich das Gesicht mit den Händen. „Bring Lane doch raus! Vielleicht hat sie draußen was gehört!“ In dem Moment tat Lane etwas, das sie noch nie getan hatte. Sie fasste Katrines Handgelenk ganz vorsichtig mit ihren Fängen und zog sie aus der Döns in die Diele. „Du sollst doch raus, nicht ich!“ Als Katrine in der Diele stand, ließ Lane sie los, lief wieder in die Döns zurück und schnappte sich Wabe. Auch Wabe wurde unerbittlich aus der Döns in die Diele gezogen. „Was ist denn mit dem Hund los? – Lane, aus! Leg dich hin!“ Lane folgte nicht. Sie knurrte beide an und fletschte sogar die Zähne. „Hat sie die Tollwut?“ fragte Katrine. „Ich weiß nicht, sagte Wabe. Lane, aus!“ Lane stand mit gefletschten Zähnen vor ihnen, die Oberlippe hochgezogen, die Nase kraus. Knurrend rückte sie jetzt Katrine und Wabe zu Leibe, so dass die beiden keine andere Wahl hatten, als sich auf den Boden zu flüchten.

Es war gar nicht einfach für einen Neufundländer, eine solch schmale Stiege hinaufzuklettern. Lane schaffte es. Sie setzte sich direkt auf den Treppenansatz und knurrte giftig, wenn Katrine oder Wabe sich ihr näherten.

21

Ole Andresen war im Galopp nach Stintebüll geritten. Der Sturm und der Regen trafen ihn scharf von rechts. Er konnte nicht viel sehen. Wie gut, dass Pferde immer den Weg nach Hause finden. Als er an den ersten Warften vorüber kam, sah er, dass sein Dorf in heller Aufregung war. Alles war auf den Beinen. Ganze Kolonnen mit Karren oder mit Tragebrettern waren unterwegs zum Deich. Sie trugen Säcke mit Erde oder mit Stroh, was immer sie auftreiben konnten. Alles schrie wild durcheinander. „Schneller!" hörte er die Stimme des Deichgrafen von Stintebüll. „Schneller, wenn euch euer Land etwas bedeutet!"

„Der Deich! Meine Familie! Die Tiere!" Ole Andresen war mit einem Schlag nüchtern, aber er wusste nicht, woran er zuerst denken sollte. „Hast du Hilfe mitgebracht?" rief ihm der Deichgraf entgegen. „Wo treibst du dich herum, Hardesvogt, wenn es uns an den Kragen geht?"

Ole ritt gleich weiter zum neuen Außendeich, um sich selbst ein Bild von der Situation zu machen. Ein schreckliches Schauspiel bot sich seinen Augen. Mit jeder Welle krachte das Meer donnernd gegen den neuen Deich und sprühte die Gischt weit ins Land. Jeder Brecher war höher als der vorherige. Meterhoch kamen die Wellen über die Deichkrone und spülten die Erde auf der Rückseite aus.

Unermüdlich schafften die Bewohner Material heran, um die Löcher zu stopfen. Wie oft wurden sie dabei selbst fortgespült. Es war dunkel, es war laut, die blanke Angst saß allen im Nacken. Ole war den Deich hinauf geritten, als sich gerade wieder ein Brecher über der Kuppe erbrach. Das Pferd scheute, und Ole wäre beinahe aus dem Sattel geworfen worden. Er konnte sich gerade noch halten.

Kurzerhand beschloss er, nach Rörbeck zurück zu reiten, um seine Freunde und die anderen Menschen zu warnen. Er war alt und hatte schon viele Sturmfluten erlebt. Aber als er das wilde, gefräßige Untier auf der anderen Seite des Deiches gesehen hatte, wusste er, dass es diesmal kaum ein Entrinnen geben würde. Es spuckte ihm wütend die Gischt hinterher, als wenn es sagen wollte: „Ich kriege dich doch!“

Ole ritt im Galopp, so schnell das Pferd laufen konnte. Er dachte an seine Familie. Was sollte er machen? Sein Sohn würde sich um alles kümmern. Sie bewohnten zusammen ein großes Haus auf der Herrenwarft, der höchsten weit und breit. Sein Sohn Bahne war sein Nachfolger und kannte sich in allem aus. Seine Frau Ellin und seine Enkel waren sicher, dachte er, und um ihn selbst ging es nicht. Zum Schleppen von Säcken war er ohnehin zu alt. Seine Aufgabe war es jetzt, andere vor Schlimmerem zu bewahren.

Als er auf dem Deichweg durch Esbüll ritt, hielt er kurz beim Pastorat und beim Haus des Hövetmanns an und schlug mit seiner Reitgerte gegen die Fenster, bis er endlich Gehör fand: „Bringt euch in Sicherheit, die Deiche werden brechen. Das Wasser steigt immer weiter an!“ Er schrie gegen den heulenden Sturm an. Aber schon die Tatsache allein, dass der Hardesvogt persönlich nachts vor ihrer Tür stand und wild gestikulierte, brachte alle sofort auf die Beine. Alles rannte, um die Nachbarn zu wecken und um Vorkehrungen für das Schlimmste zu treffen.

22

Ole gab dem Schimmel die Sporen. Sein schwarzer Mantel flog waagerecht mit dem Wind. Der Weg war vom Regen so weich geworden, dass das arme Pferd seine Mühe hatte. Ein Blitz zuckte vom Himmel nieder. Ole sah die Mühle von Gut Lindenau. Es war also nicht mehr weit. Aber was war denn das? Ihm gefror das Blut in den Adern vor Entsetzen. Rechts und links von ihm, unterhalb des Deichwegs, auf dem er ritt, schoben sich lautlos schwarze, fette Wellen, die im Licht des Blitzes glänzten, an ihm vorüber.

Dann war es wieder finster. „Oh mein Gott, oh mein Gott!" schrie er laut in die Nacht. Die eisernen Deiche waren also gebrochen! Sie hatten dem Druck nicht standhalten können.

Von Stintebüll aus schob sich die dunkle Wassermasse, noch angetrieben vom Nordwestwind, über das fruchtbare Marschland. Aber es strömte nicht nur einfach herein. Große Wellen bauten sich auf. Mehr als mannshoch gingen sie über die Außendeiche und setzten dann ihren mörderischen Raubzug bis ins Landesinnere fort.

Der Schimmel, der diesen Weg nun schon zum dritten Mal an diesem Abend zurücklegte, war völlig erschöpft. Obwohl sein Besitzer ihn ununterbrochen mit den Sporen in die Seiten stach, wurden seine Schritte immer langsamer und kürzer. Er fing schließlich sogar an zu torkeln. Der Hardesvogt wollte gerade losschreien, um das Pferd anzuspornen, als die nächste große Welle von Westen auf den alten Deichweg zurollte. Es war finster. Niemand sah, wie Ole Andresen und sein Pferd wie Spielzeug vom Deichweg hinunter gespült wurden. Niemand hat sie je wieder gesehen.

23

Es kam schlimmer, als man befürchten konnte. In Stintebüll war der Deich trotz übermenschlichem Einsatz von Kräften nicht zu halten gewesen. Neumond, gepaart mit Orkan aus Nordwest, türmte riesige Wellenberge vor der Küste auf, den von Menschenhand aufgeworfenen Schutzdeichen zum Spott. „Nun trutz, Blanke Hans!" war die vermessene Herausforderung. Unablässig erbrachen sich die Riesenwellen auf den kümmerlichen Deichen und wuschen sie weg wie eine von Kindern gebaute Sandburg am Strand. Selbst, als es Ebbe sein sollte, um Mitternacht, stieg das Wasser rund um die Insel Strand immer noch höher. „Wir haben jetzt eiserne Deiche, und deshalb können wir ruhig schlafen. Trutz, Blanke Hans!" Die Deiche brachen an über vierzig Stellen. Von allen Seiten strömte das Unheil ungehindert herein. Die Sintflut, der Anfang vom Ende. An der Küste fraß sich das Ungeheuer mit lautem Getose durch die Deiche und griff mit jeder Welle nach dem nächsten Stück Land, schmiss sich gegen die Warften, Höfe, Kirchen und Mühlen, die je nach Alter und Verfassung widerstandslos aufgaben oder sich dem nassen Feind mutig und trotzig entgegenstellten. Doch nach einem Angriff war es nicht vorüber. Das Ungeheuer holte nur tief Luft, um sich dann erneut über alles hinweg zu wälzen. Bäume wurden entwurzelt, Häuser wurden unterspült und brachen zusammen. Die alten hölzernen Bockwindmühlen fielen einfach um und trieben davon. Am längsten hielten die mächtigen Kirchen stand, die meistens auf den höchsten Warften standen und auf gewaltigen Findlingen ruhten.

Im Landesinneren wurde das gefräßige Ungeheuer ruhiger. So wie bei der steigenden Flut, ergriff das Wasser Meter für Meter Besitz von Wiesen, Feldern, Wegen und Gräben. Es umspülte die Warften, und nur, wo das Wasser schon hoch stand, peitschte der Sturm Wellen und Gischt gegen Mauern, schubste sie von allen Seiten an und fand jede Schwäche, um sie für sich auszunutzen.

24

Fedder Lorenzen saß immer noch auf der Stiege in der Mühle und schnitzte. Die Augenlider wurden ihm schwer vor Müdigkeit. Er wartete darauf, dass sein Vater ihn ablöste. „Ich werde einmal nach dem Rechten sehen“, dachte er, erhob sich und streckte Arme und Beine. Seine Glieder waren vom langen Sitzen auf der harten Stiege ganz steif geworden.

Als er aus dem Mühlengehäuse stieg, vernahm er ein ungewöhnliches Geräusch. Es klatschte, es schnalzte, und es zischte unter ihm. Er riss seine Augen ganz weit auf, um nach der Ursache zu forschen. Mit dem nächsten Windstoß bekam er die Antwort. Eine Welle rauschte heran, erbrach sich an den Ständern des Bocks und spuckte ihm ihre Gischt über die Füße.

Fedder stand da, starr vor Schreck. Was um Himmels willen war das? Er erinnerte sich an die Gespräche der Erwachsenen am Morgen in der Kirche. „Sturmflut! Aber hier, mitten auf der Insel?“

Was tun? Er kannte ganz genau den Weg zum Haus. Oder sollte er hier bleiben und auf den Vater warten? Vielleicht schliefen drüben alle. Er musste es wagen. Vorsichtig tastete er sich die Treppe vom Bock hinunter. Es waren fünf Stufen. Erste Stufe, zweite Stufe, dritte – Wasser! Die dritte Stufe war schon von Wasser bedeckt. Das bedeutete, dass ihm das Wasser bis ans Gesäß reichen würde.

Er hatte das ganze Ausmaß seiner Lage noch nicht recht begriffen und wollte sich gerade auf den Weg durch das Wasser zum Haus machen, als eine Welle ihn bis zum Bauch hoch durchnässte. Fast automatisch wich er ihr aus und stieg die Treppe rückwärts wieder hinauf. Nein, bei solchen Wellen würde er das Haus nicht erreichen. Er kletterte also wieder zurück in die Mühle und hoffte, dass die Ebbe das Wasser wieder abziehen würde.

Fedder setzte sich wieder auf die Stiege und fühlte sich erbärmlich. Er musste die anderen doch warnen. Unter seinen Füßen klatschten die Wellen an das Mühlengehäuse. „Oh Gott, das Wasser steigt noch. Ich muss was unternehmen, jetzt gleich“, sagte er zu sich selbst, „ehe es zu spät ist.“ Er wusste, dass sein Vater in der Mühle Taue benutzte. Eines davon hing im Gebälk oberhalb der Stiege. Er kletterte schnell hinauf. Die kleine Tranfunzel gab ihm ein schales Licht mit vielen Schatten. Alles um ihn herum wirkte sehr gespenstisch. Fedder schwitzte vor Angst, obwohl er kalt und nass war.

Er griff nach dem Tau. Plötzlich wurde die Mühle von einem gewaltigen Stoß erschüttert. Fedder musste sich mit beiden Händen festhalten, um nicht von der Stiege zu fallen. Er merkte sofort, dass die Stiege nach dem Ruck eine Neigung nach links hatte. Die Mühle stand nicht mehr aufrecht! „Nichts wie raus!“ sagte er zu sich, griff sich das Tau und kletterte behände wieder hinunter. Auf dem Sockel angekommen, verknotete er das eine Ende des Taus geschickt an der mächtigsten Stütze des Bocks. Der Sturm pfiff ihm um die Ohren, seine Hände waren eiskalt, nass und steif. Er zog das andere Tauende um seinen Brustkorb herum und machte dann auch hier einen festen Knoten. „So, das wird eine Weile halten.“

Fedder war so beschäftigt, dass er die nächste Welle gar nicht kommen sah. Obwohl er sich oben auf dem Bock, beinahe zwei Meter über dem Boden, befand, stand er plötzlich bis zum Bauchnabel im Wasser. Die Mühle bekam einen weiteren Stoß von der Seite. Fedder schrie, ohne es bewusst zu wollen: „Hilfe! Vater, Hilfe!“

Sein Vater, Lorenz, konnte ihn nicht hören. Auch er war von der Ofenbank aufgeschreckt worden, als die Welle gegen das Haus krachte. Die Warft war schon bis zur halben Höhe von Wasser umgeben. Bei jeder anrollenden Welle wurde sie überspült. Alles musste jetzt schnell gehen. Er rannte in die Stube, wo Syke im Alkoven und davor Matz in seiner Wiege schliefen. Er weckte Syke vorsichtig: „Syke, das Wasser steht vor der Tür. Die Deiche müssen gebrochen sein. Steh auf und pack das Nötigste zusammen. Nimm Matz und geht auf den Boden!“ Dann lief er zum nächsten Bett, in dem Magdalene schlief, weckte sie und sagte: „Komm, mein Mädchen, steh schnell auf und hilf Syke, alles zu packen. Wir werden gleich nasse Füße bekommen.“ „Aber Vater, wieso? Ich verstehe nicht!“ kam die müde Antwort aus dem Wandbett. „Tu einfach, was ich dir sage!“ Es war keine Zeit für lange Erklärungen. „Wo ist Fedder?“ wollte sie noch wissen. „Bei der Mühle!“ sagte Lorenz knapp, und es lief ihm dabei kalt den Rücken hinunter.

Syke war mit einem Satz aus dem Bett gesprungen. Ihre Kleidung hing sorgfältig zusammengelegt über der Stuhllehne. Der Leinenunterrock wurde durch ein Band um die Taille festgezogen. Die Bluse wurde schnell übergestülpt und dann noch der schwere Wollrock darüber gestreift. Die Haken noch in die Ösen, fertig! Das alles konnte Syke im Dunkeln. Nun tastete sie nach der Talgkerze auf dem Tisch und zündete sie an. Magdalene hatte sich auch angezogen und redete auf Syke ein, aber die ließ sich von ihren Zielen nicht ablenken. „Bring du schon einmal das Bettzeug nach oben, damit es nicht nass wird!“ ordnete sie an. Magdalene merkte an Sykes sonst so sanfter und fröhlicher Stimme, dass es Ernst war. Sie hielt den Mund und tat, was ihr gesagt wurde. Sie raffte die Kissen zusammen und trug sie hoch.

Ihr Vater war dabei, eine kleine Truhe mit den wichtigsten Dingen nach oben zu hieven. Dann breitete er ein paar Säcke aus, die als Lager dienen sollten. Magdalene legte sogleich das Bettzeug darauf. Lorenz lief noch einige Male hinauf und hinunter und brachte in Sicherheit, was möglich war. Schließlich trugen sie Matz mitsamt seiner Wiege nach oben. Er schlief und merkte nichts von der ganzen Aufregung.

25

In der Wirtschaft war auch noch keine Ruhe eingekehrt. Kurz nachdem Ole Andresen gegangen war, wollte sich auch Knut Harring, der Deichgraf verabschieden, um zu seiner Ose nach Hause zu gehen. Er war voll des guten Gerstensaftes. Als er vor die Tür trat, meinte er: „Meine Güte, es hat aber ganz schön geregnet." Seine Schuhe versanken im Wasser. Mit der einen Hand hielt er seinen hohen, schwarzen Hut fest, mit der anderen versuchte er im Sturm seines Umhangs Herr zu werden. Bei jedem Schritt die Warft hinunter patschten seine Schuhe durchs Wasser.

Er war kaum die Hälfte des Wegs hinunter gegangen, als eine Welle ihm entgegen kam und sich direkt an seinen Beinen brach. Er konnte diesem Stoß nichts entgegenhalten, da er mit so etwas nicht gerechnet hatte und fiel einfach um. Der Hut war im hohen Bogen davon geflogen. Knut stand schnell wieder auf. Der Umhängemantel klebte nass an seinem Körper. Ihm flogen die Gedanken nur so durch den betrunkenen Kopf. Das war doch wohl hoffentlich nicht das, wonach es aussah! Schon klatschte die nächste Welle an ihm hoch. Er watete noch einige Schritte die Warft hinunter und wollte sehen, ob es möglich war, nach Hause zu kommen. Nass war er ohnehin.

Wenn er die Warft verlassen hatte, müsste er nur zusehen, dass er zügig auf den Deichweg kam. Dort oben würde er gut vorankommen, dachte er. Zu seinem Hof waren es ungefähr zweihundert Meter, und die Warft lag direkt am Weg. Durch Erweiterung des Hofes war die Warft vor einigen Jahren zum Deichweg hin vergrößert worden.

Knut musste nach Hause. Ose war allein mit den Kindern. Das Gesinde hatte frei. Nur das Mädchen war noch da. Mit den Händen tastete er sich am Zaun entlang, der die Zufahrt zur Wirtschaft säumte, die bis zum Deichweg führte. Schritt für Schritt wurde das Wasser tiefer. Als er in der Senke angekommen war, stand er bis zum Gesäß im Wasser.

Der Fahrweg führte schräg hinauf auf den alten Deichweg. Vornüber gebeugt versuchte Knut nun die Steigung zu bewältigen. Dabei ruderte er mit beiden Armen. Der Hut war weg, und sein Mantel war ihm längst egal. Er war wütend auf sich selbst, dass er sich als Deichgraf so hatte gehen lassen. Er war in den letzten Jahren oft belächelt worden als „Gelegenheitsgraf", denn seine Meinung war nur noch selten gefragt, wenn alle Deichgrafen der Insel Rat hielten. Lange war nichts geschehen, „sein Deich" war ein Mitteldeich, nicht mehr wirklich wichtig. Er hätte heulen können vor Wut, Jammer und Selbstmitleid. Was für eine lächerliche Gestalt gab er ab, als er „seinen Deich" jetzt auf allen Vieren hinaufkrabbelte.

Von Westen rollte eine große Welle heran. Sie überflutete den Deich und ergoss sich über Knut, der sich krampfhaft an Grasbüscheln festzuhalten versuchte. Jetzt sah man, wie wichtig sein Deich war. Wenn nämlich der Außendeich brach, musste der Mitteldeich das Hinterland retten. Doch die Instandhaltung der Außendeiche war schon teuer genug. So war der alte Mitteldeich sträflich vernachlässigt worden.

Knut hatte es geschafft. Er war oben angekommen und richtete sich gerade auf, als wieder eine Welle nahte. Sie war so stark, dass sie ihm die Beine wegriss. Er landete auf dem Bauch und wurde von der überlaufenden Wassermasse mitgerissen. Die Umstände waren viel zu schrecklich, als dass man darüber hätte lachen können, wie Knut von der Welle direkt wieder auf der Schwelle des Krugs abgesetzt wurde. Panik hatte sein Selbstmitleid verdrängt. Vor einigen Stunden wäre es ihm noch peinlich gewesen, in einem solchen Zustand vor die Öffentlichkeit zu treten. Jetzt war es ihm einerlei. In diesem Moment kam sein Hut an ihm vorbei geschwommen. Ironie des Schicksals. So, als müsste es so sein, ergriff er ihn und setzte ihn auf, so dass ihm das Wasser über das Gesicht lief. Dann öffnete er die Tür und drückte sich schnell in die Gaststube. Alle sahen ihn an, als wäre ihnen ein Geist erschienen.

„Bist du in den Schlot gefallen, Knut? Hast du den Weg nach Hause nicht gefunden?“ fragten die Freunde lachend. Der irre Blick in seinen Augen ließ sie allerdings jäh innehalten mit ihrem Spott. „So rede doch, Knut!“ drängte der Gevollmächtigte Boy Thomsen. „Die Flut steht vor der Tür. Wir werden alle ersaufen!“ brach es aus ihm hervor. Er torkelte zum Stammtisch. Der Kampf mit dem Wasser und die Angst hatten ihn geschwächt. Seine Freunde hatten noch nicht begriffen. „Kröger, lass die Dame rein, wir wollen sie bei diesem Wetter doch nicht vor der Tür stehen lassen!“ lachte Thoms Hansen. Thoms hatte einen reichen Vater und wurde deswegen im Dorf umworben. Gleichzeitig wusste jeder, wie dumm er war. Schon stand er an der Tür, um sie für die Dame, die Flut, zu öffnen.

„Lass die Tür zu!“ schrie der Kröger, der als einziger noch nüchtern war. Doch da war es schon zu spät. Thoms hatte sie aufgerissen. Ein Schwall Wasser rauschte in den Krug hinein und verteilte sich geschwind über den ganzen Fußboden. Der Kröger war noch herbei gesprungen, um sie wieder zuzudrücken, wurde aber durch den Druck der auffliegenden Tür zu Boden geworfen.

Er war kaum wieder auf den Beinen, als sich bereits die nächste Welle in das Wirtshaus ergoss. Tische wurden verschoben, Stühle fielen um. Der Wirt schickte den Knecht, die Familie, die Magd und die Mädchen zu warnen und auf dem Boden in Sicherheit zu bringen. Er selbst versuchte mit Boys Hilfe, einen Tisch gegen die Tür zu schieben, bevor eine neue Welle kam.

Knut fror in seiner nassen Kleidung. „Kröger! Branntwein! Mich friert es“, forderte er. „Geht auch nach oben, ich bringe euch …“, begann der Wirt zu reden, als plötzlich die Fenster barsten und sich das Meer auf diese Weise Einlass verschaffte. Die Spritzer fegten alles von den Tischen und der Theke. Krüge, Untersetzer und Pfeifen schwammen zwischen Tischen und Stühlen umher. Der Kröger stand am Fuße der Treppe, starr vor Entsetzen. „Bier! Branntwein!“ tönte es von oben, als wenn nichts passiert wäre.

Der Wirt watete durch die Gaststube und fischte aus der Flut und aus den Regalen, was er greifen konnte und brachte es nach oben auf den Dachboden. Der Knecht und die Magd bemühten sich, zusammen zu raffen, was noch zu retten war. Inzwischen stand das Wasser brusthoch im Raum. Gegenstände wurden durch das ein- und ausströmende Wasser hin- und hergeschwemmt. „Branntwein!" tönte es wieder von oben. „Die werden gleich genug zu saufen bekommen, wenn sie so weiterreden", befürchtete der Knecht.

Ein donnernder Krach setzte der Arbeit der drei Menschen in der Wirtsstube ein Ende. Wind und Wellen hatten die altersschwache Westwand des Hauses zum Einsturz gebracht. Nur die Ständer, die das Dach trugen, standen noch. In kürzester Zeit war aller Hausrat hinausgespült worden. Die Magd, die auf der Stiege zum Dachboden gestanden hatte, um Dinge anzunehmen und hinaufzureichen, hatte sich noch nach oben retten können. Den Kröger hatte der Sog hinausgezogen. Er hielt ein Fass umklammert und versuchte, heftig mit den Beinen rudernd, dem Sog des Wassers zu entkommen. „Wo bleibt der Branntwein?" hörte er noch den Deichgrafen rufen, bevor er von seinem Haus fort in Richtung Osten getrieben wurde.

Der Knecht hatte sich zwischen einem Tisch und dem Tresen verkeilt. Bevor die nächste Welle kam, musste er die Stiege erreichen. Er schob den Tisch fort und watete zur Treppe. Das Wasser reichte ihm bis zur Schulter. Eine Armeslänge noch, dann hatte er es geschafft. Wieder krachte es. Die Stiege kam ihm entgegen. Die alten Ständer sackten weg, als wenn sie aus Butter wären. Der Dachstuhl senkte sich nach Westen. Die Wellen griffen nach dem Reetdach und zogen es vom Gebälk. Am First hingen die Wirtsfrau und Boy Thomsen und versuchten Halt zu finden. Boy war jung und einigermaßen gelenkig. Es gelang ihm, sich auf das Dach zu ziehen. Dann reichte er der schreienden Wirtsfrau die Hand und zog sie hinauf. Sie blickte wild um sich, schrie nach ihren Kindern, die gerade noch neben ihr gesessen hatten, aber alles war dunkel, um sie herum nur das tosende Meer. Wie ein Boot glitt das Dach hinaus in die Nacht.

Die Magd hielt sich an einem Balken fest und schrie nach dem Knecht. Der Deichgraf lachte, als wäre er irre geworden. Die Gevollmächtigten saßen auf dem Boden und erwarteten schweigend ihr Schicksal. Die nächste Welle brachte die letzten Ständer zum Einsturz. Es war dunkel, wo der Krug gestanden hatte. Ein paar Balken, Stühle und Tische tanzten auf den Wellen, dazwischen ein Hut.

26

Iven schreckte hoch, als es wieder gegen die Wand polterte. Da kam auch schon Harre, sein Vater, zur Tür herein und schrie: „Schnell, Iven, es ist soweit, wir müssen nach oben. Das Wasser steht schon im Haus." Iven sprang aus dem Bett. Sein Zimmer war höher als die anderen, weil sich darunter ein kleiner Kriechkeller befand. Erst als er die drei Stufen hinunter in die Diele stieg, merkte er, dass er im Wasser stand. „Vater, was bedeutet das?" Es schnürte ihm den Hals zu, da er die Antwort bereits kannte, sie aber verdrängen wollte. „Wir müssen mit dem Schlimmsten rechnen!" sagte Harre wahrheitsgemäß. Sie stiegen auf den Dachboden, wo Frauke schon weinend, die Hände vor dem Gesicht, auf dem Heu hockte. „Warum müssen wir sterben?" fragte sie mit zitternder Stimme. „So schnell geben wir nicht auf!" machte Harre sich selbst Mut. Er hatte das Butterfass geholt und darin einen Lederbeutel mit Frischwasser, einen mit Pökelfleisch und einen mit getrocknetem Obst verstaut.

Eine riesige Welle rollte über den Deich, auf dem Harre vor einer Stunde noch gestanden hatte und prallte mit voller Wucht gegen das kleine, alte Haus. Ein Ruck ging durch das Gebälk, und das ganze Haus wurde um einige Meter versetzt, aber es hielt stand. Frauke betete, Harre fluchte leise, und Iven schaute voller Angst zwischen seinen Eltern hin und her, als suchte er die Antwort in ihren Gesichtern. „Alle oder keiner!" sagte Harre entschlossen und holte ein Tau aus der alten Truhe. „Was hast du vor?" fragte Frauke in Panik, denn sie dachte, Harre wollte sich aufhängen. „Nein, Frauke, keine Angst!" Er hatte ihre Gedanken erraten. „Kommt hierher, beide! Wir wollen uns zusammenbinden, damit wir beieinander bleiben."

Sie stellten sich zusammen. Harre machte eine Schlaufe an einem Ende des Taus, band es um seine kleine Familie und zog das Ende durch die Schlaufe. Dann band er das freie Ende mit einem schnell lösbaren Seemannsknoten an den Mittelständer des Hauses. Das Butterfass hielt er unter einem Arm fest. Mit dem anderen Arm hielt er Frauke und Iven umfangen.

Die nächste Welle schlug über den Deich, grub sich unter das kleine Haus, hob es an und spielte mit ihm wie mit einem Ball. Es hob sich, senkte sich und wurde vor- und zurückgetrieben. Die darauf folgende Welle hatte leichtes Spiel und kippte das kleine Haus einfach um. Die drei Menschen rutschten auf dem Dachboden unter die Schräge. Das Tau hielt die Familie am Balken. Wasser drang von allen Seiten herein, bis sich schließlich das Lehmgemäuer vom Dachstuhl gelöst hatte. Der Mittelbalken schwamm obenauf, und Harre zog sich mit der freien Hand am Tau zum Balken, das Butterfass noch fest im Griff. Frauke und Iven waren ruhig. Sie wussten, dass schreien nichts nützen würde. Mit vereinten Kräften versuchten sie, sich auf den Balken zu retten.

Die Welle hatte den Deich zerschlagen und die kleinen Häuser dahinter einfach weggespült. Von überall hörten sie Menschen schreien. Die Tiere in den Ställen hatten den ganzen Abend nicht still gestanden. Unruhig waren sie umher gesprungen, als hätten sie das Unheil geahnt. Harre hatte sein Pferd und die Kuh losgebunden und alle Tiere ihrem Schicksal überlassen müssen. Stundenlang hatte er sie blöken und wiehern gehört. Nun waren ihre Stimmen verstummt. Mit weit aufgerissenen Augen voller Angst strampelten sie vergeblich gegen die Wellen um ihr Leben. Ein hoffnungsloser Kampf. Iven weinte leise. Ein Kalb, das er selbst mit der Flasche aufgezogen hatte, wurde zu ihnen heran getrieben. Iven versuchte, es zu greifen und mit den Vorderbeinen über den Balken zu ziehen, aber unwissend, was ihm geschah, sträubte sich das Tier, und Iven musste schließlich aufgeben. Er weinte verzweifelt, während sein Kalb vor seinen Augen ertrank. Frauke hätte ihn gern getröstet, doch sie musste sich selbst festhalten, und so litten alle für sich allein.

Plötzlich stockte der Balken, auf dem sie hingen. Es war finstere Nacht. Daher konnten sie auch nicht sehen, dass sich der Balken in das Giebelfenster des verfluchten Nachbarhauses gebohrt hatte, das Nachbarhaus, das jeder gefürchtet hatte und dass lange niemand hatte betreten dürfen. Das ausgerechnet sollte nun ihre Hoffnung sein. Merkwürdigerweise war es verschont geblieben, während alle anderen in der Reihe nicht mehr existierten.

27

Es dauerte lange, bis Pastor Harsen das Klopfen an seinem Fenster wahrgenommen hatte. Er war so tief auf seinem Stuhl im Studierzimmer eingeschlafen, dass er sich zunächst erst einmal bewusst machen musste, wo er war und was passierte. Er blinzelte mit den Augen und versuchte, den Ursprung des Klopfens zu ergründen, bis er schließlich merkte, dass die Geräusche vom Fenster kamen. Er zündete eine neue Kerze an, ging zum Fenster und erleuchtete die Scheiben. Dahinter sah er gespenstisch wirkende, wild gestikulierende, aufgeregt aussehende Menschen.

Auch Lucia war vom Getose des Windes und von dem undefinierbaren Stimmengewirr wach geworden und suchte nun nach ihrem Mann, der nicht neben ihr im Bett lag. Als sie den Flur durchquerte, sah sie, wie das Wasser durch die Bodendielen trat. „Ingwer, um Himmels Willen, komm zu dir! Schnell, im Flur steht schon das Wasser. Die Menschen haben sich auf die Kirchwarft gerettet." Lucia war eine praktische Frau und stand mit beiden Füßen auf der Erde, während ihr Mann, der Pastor, eher philosophisch veranlagt war. Sie hatte sofort die Situation erkannt und die Initiative ergriffen. Schnell waren ein paar Sachen gepackt. Ingwer überlegte noch, ob er die beiden dicken Kirchenbücher mitnehmen sollte, aber Lucia meinte, die wären im Eichentresor gut aufgehoben. Beide zogen sich ihre Mäntel über und verließen das Pastorat.

Umringt von Männern, Frauen und Kindern, die ihre Häuser in der Marsch hatten, zogen sie gegen den Sturm und den Regen über den nächtlichen Friedhof zur Kirche. Nur ein paar Schritte wurden von den Tranlaternen beleuchtet. Weiter konnten sie nichts sehen. Aber ein Geräusch, das nicht hierher gehörte, mischte sich in das

Heulen des Sturmes. Die Brandung! Das Schwappen von Wellen, die auf Widerstand trafen, drang an ihre Ohren. Es war nicht mehr weit entfernt. Die untersten Gräber auf dem Warftfriedhof wurden von den anrollenden Wellen erfasst und die Grabhügel fortgespült.

Die Kinder weinten. Sie begriffen nicht, warum sie mitten in der Nacht hatten packen müssen, um zur Kirche zu gehen. Sie sahen ihren Eltern an, dass es nichts Feierliches war. Einige Bauern hatten Tiere mit auf die Kirchwarft gebracht, andere hatten ihre Ställe zu Hause geöffnet und ihre Tiere freigelassen.

Ingwer Harsen hatte die Kirche nicht abgeschlossen, als er am frühen Abend noch einmal drüben gewesen war. Irgendetwas hatte ihm gesagt, dass der Zufluchtsort nicht versperrt sein durfte. Vielleicht hatte er es aber auch einfach nur vergessen. Er war ja nicht mehr der Jüngste.

Als er und seine Frau die Kirche betraten, bot sich ihnen ein überraschendes Bild. Sie waren nicht die Ersten! Gut zwanzig Gemeindemitglieder hatten sich schon auf und zwischen den Bänken eingerichtet. Kleinkinder lagen in Decken gewickelt auf den Bänken und schliefen. Junge Frauen stillten ihre Babys, um sie zu beruhigen. Alte Frauen knieten vor dem Altar und beteten. Männer breiteten Stroh für ein Lager aus. Es sah aus, als richteten sie sich für eine längere Zeit ein. Einige hatten ihre Tiere sogar mit in die Kirche genommen.

Für einen Augenblick kam Ingwer der Stall von Bethlehem in den Sinn, als er das bunte Treiben in seiner kleinen Kirche sah. Er nickte allen freundlich, aber stumm zu und begab sich direkt in die Apsis. Er musste erst einmal nachdenken.

Währenddessen ging Lucia zwischen den Menschen umher und redete mit ihnen, hörte sich ihre Sorgen an und versuchte zu trösten, wo es ging. Die Mädchen lenkte sie ab, indem sie sie nach ihren Handarbeiten fragte, denn Lucia gab Handarbeitsunterricht, wenn Ingwer nach den Schulstunden mit den Jungen nach draußen ging, um sie im Pastoratsgarten mit allerlei Arbeit zu versorgen.

Die tobenden Wellen hatten das Gebäude erreicht. Die großen Kirchen, wie in Morsum, waren schon aus Stein gebaut, aber die alten, kleinen Kirchen bestanden noch vorwiegend aus Holz und Lehm. Es polterte gegen Türen und Wände. Das Holz stöhnte und ächzte. Wasser drang durch alle Fugen. Man konnte beobachten, wie sich der Boden langsam bedeckte und erst die Füße der Bänke versanken und schließlich die Fußbänke. Das Wasser stieg und stieg.

Die Männer begannen, Bänke loszureißen und sie quer über andere Bänke zu legen. So ergab sich ein Podest, auf das sich die Frauen mit den kleinen Kindern flüchten konnten. Alle anderen stiegen auf die übrigen Bänke und setzten sich auf die Lehnen. Die alten Menschen versammelten sich in dem erhöhten Altarraum. Alles wurde von leisem Jammer und von anhaltenden Gebeten begleitet.

Inzwischen war auch Pastor Ingwer Harsen wieder unter seinen Schützlingen. Er hatte sich entschlossen, das Vaterunser mit allen zu sprechen. Dann wollte er mit einer kurzen Predigt allen Mut machen und sie aufrufen, an Gott und die Macht seiner Stärke zu glauben. Nach dem Glaubensbekenntnis wollte er das Abendmahl reichen, vielleicht das letzte Mal. Auch für Jesus war es damals das letzte Abendmahl gewesen, und trotzdem hatte er seinen Jüngern Hoffnung gemacht. Wenn er doch auch dazu in der Lage wäre, dachte er bei sich.

Das Wasser hatte die Empore erreicht. Die Schafe im Mittelgang standen bis zum Bauch im Wasser. Gischt spritzte gegen die Kirchenfenster, aber noch hielt die kleine Kirche tapfer stand.

28

„Wir müssen Großmutter doch wecken. Was sollen wir nur tun?" fragte Katrine ihre Mutter. Der Wind heulte so laut, dass man sich kaum verständigen konnte. Sie hörten auch kaum, wie die Wellen gegen die Haustür klatschten. Im Stall rumorten die Tiere. Lane lag immer noch stur an der Stiege und verwehrte ihnen den Weg nach unten. „Wir müssen Lane irgendwie überwältigen!“ sagte Wabe. „Aber wie? Sie ist ja wie ein wildes Tier. So kenne ich sie gar nicht“, meinte Katrine entmutigt. Wabe hatte für alle Fälle immer eine Tranlaterne und Streichhölzer auf dem Boden, sowie eine Truhe mit alten Sachen. Im Lampenschimmer ließ sie ihren Blick und ihre Gedanken schweifen. Sie hatte schon oft hier oben gesessen. Das letzte Mal war ihr Mann noch dabei gewesen. Jetzt lag die ganze Verantwortung bei ihr.

Ihr Blick fiel auf die beiden Hühner, die sie mittags mit ins Haus genommen hatte, um wenigstens Eier zu haben. Das war die Idee! Lane war zwar ein Neufundländer und von Natur aus eher träge, aber, wenn ihr etwas um die Nase flatterte oder ein Kaninchen davonlief, dann verfiel sie dem Jagdtrieb. Normalerweise wurde sie dann zur Ordnung gerufen und bekam Ärger. Jetzt konnte es die Rettung sein. Wabe hatte die Hühner mit einem großen Korb abgedeckt. Sie ging nun zu dem Geflecht, um es hochzuheben.

„Was tust du da?“ fragte Katrine entsetzt. „Ich lasse die Hühner frei. Lane wird hinter ihnen herlaufen und von der Treppe weggehen“, antwortete Wabe mit ein wenig Stolz in der Stimme. „Aber Mutter! Wenn sie sie fängt, sind sie tot!“ „Und wenn Lane uns nicht an die Treppe lässt, ist Moder bald tot. Hast du eine bessere Idee?“ „Nein“, gab Katrine kleinlaut zu. „Ich lasse jetzt die Hühner frei und versuche dann, Lane von der Treppe fortzulocken. Sobald wie möglich schleichst du dich hinter ihr hinunter und weckst Moder. Sag ihr, sie soll gleich heraufkommen, so wie sie ist“, erklärte Wabe. „Gut, Mutter. Also los!“ Katrine versuchte, sich zusammen zu reißen. In Gedanken ging sie alle Möglichkeiten schnell durch. Vielleicht blieb Lane ja auch einfach liegen. Sie konnte sehr dickköpfig sein.

Wabe richtete sich auf und ging in die Ecke, in der sie es den Hühnern gemütlich gemacht hatte. Lane, die der Länge nach vor der Treppe lag, mit der Schnauze auf den Pfoten, hob den Kopf, um zu verfolgen, was geschah. Katrine tat unbeteiligt. Als Wabe den Korb von den Hühnern hob, passierte zunächst gar nichts. Die Hühner blieben einfach sitzen und wollten ihre Freiheit nicht nutzen. Sie hatten die Köpfe unter die Flügel gesteckt. Es war Nacht.

Solange sich die Hühner still verhielten, war Lane nicht interessiert. Plötzlich ging ein Ruck durch den gesamten Dachstuhl, als ob etwas heftig dagegen gestoßen wäre. Die Hühner schreckten auf, und eines flog, so gut es mit gestutzten Flügeln konnte, im Halbdunkel umher. Lane wurde aufmerksam, aber, noch ehe sie aufspringen konnte, um sich auf den Vogel zu stürzen, flatterte dieser auf das Licht zu, das auf einem Querbalken stand. Was nun folgte, ging so schnell, dass es im Nachhinein kaum zu beschreiben ist.

Als Lane aufsprang, war Katrine auch schon mit einem Satz hinter ihr die Treppe hinunter gesprungen, um ihre Großmutter zu retten. In der Diele stand das Wasser schon knöchelhoch, was Katrine in noch größere Hast versetzte. Gleichzeitig schoss Lane auf das Huhn zu, das unter lautem Gezeter mit einem Flügel die Lampe streifte, so dass sie hinunterfiel. Im Nu war das Heulager in Brand geraten. Ehe Wabe begriff, was sich abspielte, schlugen die Flammen auch schon gegen das Reetdach. Lane bellte unentwegt die Flammen an, und Wabe versuchte, sie mit einer alten Decke zu ersticken. Immer wieder loderten sie auf.

Die zwei Hühner flatterten oder liefen weiter über den Boden, aufgescheucht von den Flammen, dem Hund und der Decke, mit der Wabe herum hantierte. Katrine kam ohne Moder die Treppe herauf. „Mutter, Großmutter will nicht aufstehen und herauf kommen. Sie sagte, sie wäre alt und krank, und sie wollte zu Großvater. Der wartete schon auf sie. Kannst du nicht mal mit ihr reden?“ fragte Katrine. Aber Wabe hörte gar nicht richtig zu, sie kämpfte mit den Flammen, die dabei waren, sich am Reetdach zu vergreifen.

Im selben Augenblick ging wieder ein Ruck durch das Dachgebälk. Genau gegenüber, auf der anderen Seite des Bodens, bohrte sich etwas durch das Dach. Im Dunkeln war es nicht gut zu erkennen. Es war groß, lange Balken oder etwas Ähnliches.

Katrine handelte instinktiv. Ein Loch im Dach würde den Brand noch beschleunigen. Sie rannte wieder hinunter und schöpfte Wasser aus der Diele. Sie reichte es nach oben, und Wabe goss es über die Flammen und auch über die Decke, mit der sie weiterhin das Feuer zu ersticken versuchte. War es jedoch hier erloschen, loderte es da wieder auf. Wabe hatte keine Zeit, darüber nachzudenken, wie ihre wunderschöne Friesentracht wohl nach dieser Nacht aussehen würde. Jede der beiden Frauen rannte und handelte von Panik und Todesangst getrieben. Nur Moder lag still in ihrem Alkoven und wartete, wartete auf ein gnädiges Schicksal.

Lane hatte ihren Posten an der Treppe endgültig aufgegeben. Bellend und Schwanz wedelnd lief sie zu den merkwürdigen Balken, die durch das Reet in den Boden hineinragten. Ein nasses Häufchen Elend hing an den leiterähnlichen Verstrebungen, festgebunden mit einem Tau.

29

Lucia Ingwers hatte alle Hände voll zu tun, sich um die Frauen zu kümmern. Sie sprach ihnen Mut zu oder versuchte, zwischen Jung und Alt zu vermitteln. Junge Mütter mit kleinen Kindern waren dem Zusammenbruch nahe. Die größeren Kinder weinten oder wurden ungeduldig, weil ihre Mütter sich mit den jüngeren Geschwistern beschäftigten. So kam Lucia die Idee, die älteren Kinder aus dem Kirchenschiff fortzulocken. Sie sann nach einem Spiel, das allen nützte und die Jugendlichen beschäftigte.

Im Turm befand sich ein Raum, in dem alles verstaut wurde, was im Augenblick nicht benötigt wurde. Es war lange her, seit Lucia dort gewesen war. Nun holte sie die Jugendlichen zusammen und sagte: „Kommt, wir wollen auf Schatzsuche gehen!“ Einige Mädchen blieben lieber bei ihren Müttern, aber die anderen Kinder folgten Lucia, über die Bänke balancierend, damit sie nicht durch das angestiegene Wasser waten mussten. Lucia war zu alt zum Klettern. Sie raffte ihre Röcke, biss die Zähne, die sie noch hatte, zusammen und ging zwischen den Schafen hindurch in Richtung Turm, in dem sich auch der Westeingang der Kirche befand.

Als sie die Holztreppe erreichten, neben der sich die Tür zu dem Raum befand, hörten sie draußen das Meer toben und hinter sich das Stimmengewirr, das sich nun gerade beruhigte, weil Pastor Harsen mit seiner Predigt begann. Lucia drehte den großen, eisernen Schlüssel herum. Es war nicht einfach, denn er ließ sich nur schwer bewegen. Was würde sie hinter der Tür erwarten? Vielleicht fanden die Kinder etwas Brauchbares unter den ausgedienten Dingen. Gemeinsam zogen sie an der schweren Tür, und sie sprang schließlich auf.

In dem Bestreben, als erster den Schatz zu finden, von dem Lucia geredet hatte, stürzten sich die Kinder in den dunklen Raum. Doch hier stand auch Wasser, so dass sie nicht sehen konnten, was auf dem Boden lag. Der erste Junge stolperte, fiel hin und wurde von den folgenden Kindern noch weiter ins Wasser gedrückt. Das Kind ertrank unbemerkt unter den Füßen seiner Freunde. Auch Lucia hatte nichts gesehen, denn sie stand hinten mit ihrer Kerze in der Hand.

Die Kinder suchten auf Regalen, fühlten mit den Händen in Kästen, zeigten Lucia allerlei mit der Frage, ob das der Schatz wäre. Bei ein paar ehemaligen Altartüchern sagte sie: „Die sind kostbar, die müssen zum Schatz gehören.“ Das Mädchen, das sie gefunden hatte, war sehr stolz und hängte sie sich um. Lucia dachte, man könnte sie sicher gut zum Zudecken für die Kinder oder als Trennvorhang zwischen Männern und Frauen gebrauchen. Auf dem Boden trieben einige Gesangbücher, die wohl aus dem Regal gefallen waren.

„Au, ich habe mich eingeklemmt“, schrie ein Junge aus einer Ecke des Raumes. „Warte, wir helfen dir“, kam die Antwort aus einer anderen Ecke. Der Junge steckte mit seinem Knie zwischen einer Truhe und einem Wandschrank fest. „Der Schrank lässt sich sicher nicht bewegen. Versuchen wir es mit der Truhe.“ Zwei weitere Kinder kamen zu Hilfe. Sie fassten die gusseisernen Griffe an den Seiten der Truhe und zogen kräftig. „Eins, zwei, drei!“ Die Truhe bewegte sich tatsächlich und gab den Jungen frei. Der rieb sich sein Knie. Lucia kam mit der Kerze. „Hast du dich verletzt?“ fragte sie. „Nein, es tut nur ein bisschen weh“, antwortete der Junge.

Der Lichtschein der Kerze fiel auf die Wand hinter der Truhe. Eine kleine Tür wurde sichtbar. „Wohin führt diese Tür, Lucia?“ Die Jungen überkam die Abenteuerlust. Plötzlich schrie weiter entfernt ein Mädchen laut auf vor Entsetzen. Sie hatte die Leiche ihres Schulkameraden entdeckt, die mit dem Gesicht nach unten zwischen den Gesangbüchern schwamm. Genauso schnell, wie die Kinder in die alte Sakristei gestürmt waren, so schnell drängten sie sich voller Panik auch wieder hinaus.

Lucia, die dachte, dass der Junge gerade erst gefallen war, packte ihn und versuchte, ihn auf die Truhe zu ziehen. „Herr Gott, hilf! Was habe ich getan. Warum nicht ich, warum dieses Kind?“ Sie presste ihre Hände mehrmals gegen seine flache Brust, um das Wasser herauszudrücken. Gleichzeitig weinte sie und schrie um Hilfe. Die Kerze war ihr aus den Händen ins Wasser gefallen, und es war stockfinster.

Die Kinder waren in das Kirchenschiff zurückgeeilt, schreiend, rufend und weinend, dass Ingwer das Gebet unterbrach und die kleine Gemeinde hochschreckte. Da die Kinder alle durcheinander riefen, begriffen ihre Eltern zunächst den Grund des Aufruhrs nicht. Erst, als sie die Worte „Hans“ und „tot“ vernahmen, sprangen einige Männer von den Bänken auf und arbeiteten sich durch das knietiefe Wasser zum Turm. Die Mutter von Hans brach zusammen und musste von den anderen Frauen gestützt werden. Sie hielt ihre kleine Tochter im Arm, die schon seit ein paar Tagen hohes Fieber hatte. Der Arzt hatte ihr nur wenig Hoffnung gemacht. Nun schossen die Tränen aus ihren Augen und benetzten das zweijährige in Decken gewickelte Mädchen.

Als die Männer, mit Kerzen ausgerüstet, den Abstellraum betraten, hockte Lucia auf der Truhe, den toten Hans über ihren Knien. Schluchzend versuchte sie immer noch, ihm das tödliche Wasser aus den Lungen zu drücken. Sie hatte Vorwürfe erwartet, aber keiner sagte etwas. Das war eigentlich noch schlimmer für sie. Wäre sie doch bloß bei den anderen geblieben.

Hans’ Stiefvater nahm Lucia den Jungen ab. Er trug ihn auf seinen Armen aus dem verhängnisvollen Raum. Sie hatten nie ein gutes Verhältnis gehabt. Hans vermisste immer noch seinen verstorbenen Vater. Es war schwer gewesen, Zugang zu dem Jungen zu bekommen. Und nun war er tot. Nun war er zu seinem geliebten Vater gegangen.

Im Treppenhaus polterte es laut. „Komm, Lucia!“ sagte Hans’ Stiefvater. Lucia saß da wie gelähmt. Wieder polterte es. Zwei Männer, die vor dem Eingang gewartet hatten, falls ihre Hilfe benötigt wurde, riefen: „Schnell, kommt heraus, der Turm stürzt gleich ein!“ Ein weiterer Brocken flog die Turmtreppe hinunter.

Dann ging alles ganz schnell. Die Nordwestecke war unterspült worden. Die Lehmwände und das Holz brachen weg. Mit jeder Welle wurde der alte Turm erschüttert. Die Glocke im Dachstuhl löste sich, stürzte krachend und misstönend auf die Holzstufen nieder und brach dann mit ihrem gewaltigen Gewicht durch die Wand nach draußen. Im Nu war der Turm eine Ruine. Die Wellen hatten jetzt ungehinderten Zugang zur Kirche, und nur, wer jung, gesund und sportlich war, konnte sich mit Mühe auf den Mauerresten halten.

Drei Jungen, die sich auf die Kanzel gerettet hatten, trieben in ihr wie in einem Boot durch das ehemalige Kirchenschiff. Sie waren von Dunkelheit umgeben, so dass ihnen der Anblick von ertrunkenen Menschen und Tieren erspart blieb.

30

Wir treiben nicht mehr, wir stecken fest, aber wo?“ Harre, Frauke und Iven hatten eine lange Zeit nicht mehr gesprochen. Sie waren einfach zu schwach. Vor Kälte steif, konnten sie sich gerade noch an den Balken ihres vergangenen Hauses klammern. Aber der steckte jetzt irgendwo fest. Die drei Menschen waren immer noch mit dem Tau zusammengebunden. Falls einer nicht mehr die Kraft zum Festhalten hatte, würde das Tau ihn halten.

Frauke war nicht weit davon entfernt. Sie war kurz davor, ohnmächtig zu werden. Doch der Ruck, der durch das plötzliche Steckenbleiben des Balkens hervorgerufen wurde, machte sie wieder wach. Mit viel Mühe zogen sie sich weiter an dem Balken entlang zu der Stelle, wo er fest hing. Die Beine baumelten eiskalt und kraftlos im Wasser. Sie wollten ihren Besitzern nicht mehr gehorchen. Harre, der noch über die meiste Kraft verfügte, zog die anderen beiden mit sich. Mit der einen Hand hielt er sich am Balken fest, mit der anderen fühlte er, ob er etwas greifen konnte. Das Butterfass, das er die ganze Zeit über festgehalten hatte, klemmte er sich nun zwischen die Beine, um die Hände frei zu haben.

Da war etwas! Mit seiner linken Hand, die eigentlich kaum noch etwas fühlen konnte vor Kälte, schlug er gegen etwas Hartes. Es schmerzte. Er versuchte vorsichtig, die Gegend vor ihm abzutasten. „Es sind Balken, feste Balken!" Harre zog sich weiter an das, was er fühlte, heran. Ihr großer Mittelbalken, an dem sie hingen, lag auf einem Balken auf, der fest war. Um ihn herum waren noch weitere Balken. Harre fühlte weiter. Von Hoffnung gespeist, wurden seine Glieder wieder erwärmt.

Hinter dem Balkengerüst vermutete er Leere, aber, da sollte er sich irren. „Dahinter ist fester Boden. Ich kann es gar nicht glauben! Haltet euch fest! Ich binde mich los und klettere hinüber. Dann ziehe ich euch mit dem Balken heran. Iven, hilf deiner Mutter!" Iven gab keine Antwort. „Iven!" rief Harre lauter. Abermals kam keine Antwort.

Von Hoffnung und düsterer Ahnung gleichzeitig getrieben kletterte Harre über die Balken auf den festen Boden und zog dann so geschwind, wie er konnte, an dem Balken, bis er Fraukes Arm zu fassen bekam. Sie ergriff seinen starken Arm und ließ, sich kraftlos wie ein nasser Sack, über den Balken auf den Boden ziehen. Dort blieb sie liegen. Das Butterfass lag dicht neben ihr.

Harre griff weiter an dem Balken entlang und fühlte schließlich Ivens Arme, die den Balken umfangen hielten. „Komm, Iven, reich mir deine Hand, hier ist Rettung!" Iven reagierte nicht. Harre wurde hektisch. Seine Ahnung gewann Nahrung. Er zog wie wild an Ivens Armen, aber sie ließen sich nicht vom Balken lösen. Harre versuchte, den Balken anzuheben, um ihn zusammen mit Iven auf den Boden zu bekommen, aber er war zu schwer. Er schaffte es nicht.

Er griff Ivens Arme und zog mit aller Gewalt, bis er ihn im Trockenen hatte, doch vom Balken lösen konnte er ihn nicht, so sehr er ihn auch rüttelte und schüttelte. Er wollte es nicht wahrhaben, aber Iven war tot. Im kalten Wasser war er erst ohnmächtig geworden und dann an Unterkühlung gestorben. Kurz nach seinem Kalb war auch er gegangen.

Harre brach über seinem Sohn zusammen, als er merkte, dass er ihn für immer verloren hatte, sein einziges Kind, das ihm noch geblieben war. „Mein Gott, warum?“ dachte er. Er wagte nicht, laut loszuschreien, obwohl ihm danach war. „Wie soll ich es Frauke bloß beibringen? Sie wird vor Kummer sterben, so schwach, wie sie ist.“ Die Gedanken überstürzten sich nur so in seinem Kopf. „Sie darf es nicht wissen! So lange, wie es geht, werde ich es ihr verschweigen.“ Er strich noch einmal zärtlich über den Kopf, der friedlich auf dem Balken ruhte und ging dann die drei, vier Schritte in die Richtung, wo er Frauke vorher abgelegt hatte.

Es war immer noch dunkel, aber es hatte aufgehört zu regnen, und der Sturm hatte sich gelegt. Harre hatte keine Vorstellung davon, wie lange sie im Wasser getrieben waren, wie spät es war und wo sie waren. Es war ihm auch egal. Sein Kind war tot, und jetzt brauchte Frauke ihn. Er kniete sich neben sie, griff unter ihre Arme und zog sie zu sich. Nur mit großer Mühe konnte sie ihre Arme heben und um seinen Hals legen. Ihren Kopf ließ sie auf seine Schulter sinken. Harre begann, Frauke den Rücken zu reiben, um etwas Leben in den halberfrorenen Körper zu bringen. Ihre langen Kleider hingen triefend nass an ihrem Körper. Sie auszuziehen hatte keinen Sinn, denn sie hatten ja nichts Trockenes zum Anziehen.

„Wo ist Iven?“ hauchte sie Harre ins Ohr. Die Frage gab ihm einen Stich ins Herz, obwohl er sie erwartet hatte. „Er ist bei unserem Balken“, sagte er wahrheitsgetreu. „Und wie geht es ihm?“ wollte sie weiter wissen. „Gut! Gut, Frauke, besser als uns, aber er schläft jetzt.“ Sie fragte nichts weiter, und so saßen die beiden schweigend auf dem Dachboden des „verfluchten“ Hauses ohne es zu wissen. Sie konnten nicht ahnen, dass sie zunächst von Sturm und Flut in Richtung Osten getrieben worden waren, um dann schließlich, bei Nachlassen des Sturmes und durch die Veränderung der Strömungsverhältnisse, fast an den Ausgangsort zurück geschwemmt zu werden.

Harre fühlte nach dem Butterfass. Er wollte es öffnen und sehen, ob der Inhalt die Katastrophe überstanden hatte. Mit ausgestreckten Beinen saß er da, Frauke in einem Arm und mit der freien Hand nach dem Deckel fühlend. Um ihn abzudichten hatte er Speckschwarten genommen und unter den Deckel gelegt, bevor er ihn mit einem Eisenbügel verschlossen hatte. Es trieb ihm die Tränen in die Augen, als er sich an die letzten gemeinsamen Stunden zu Hause erinnerte.

Harre drückte den Eisenbügel zusammen, der sich in das nasse Holz eingegraben hatte. Dann löste er den Holzdeckel und nahm ihn vorsichtig ab. Die Speckschwarten darunter hatten ihre Pflicht erfüllt. Die Sachen im Butterfass waren trocken. Harre nahm den Lederbeutel mit dem Wasser heraus. Der Korken saß noch fest in der Öffnung. Langsam drehte er ihn heraus. „Komm, Frauke, trink etwas!“ Frauke hob ihren Kopf von Harres Schulter und ließ sich den Beutel an den Mund legen. Nach ein paar Schlucken ließ sie ihren Kopf wieder sinken. Harre trank nur ein wenig, obwohl er großen Durst hatte. Er wollte lieber sparen. Wer wusste schon, wie lange sie hier ausharren mussten.

31

Nachdem Lorenz seine Familie sicher auf dem Boden untergebracht hatte, nahm er ein Tau vom Haken und ging die Treppe wieder hinunter. „Fedder?“ fragte Syke besorgt. „Ja! Er ist doch ganz allein da draußen.“ Unten angekommen stand er bis zu den Knien im Wasser. Die Wohnung war überflutet. Die Haustür konnte er nicht mehr öffnen. So öffnete er nur den oberen Teil der Klöndör, um sich einen Eindruck über seine Möglichkeiten zu verschaffen. Das Meer hatte sich rund um den Mühlenberg herum ausgebreitet. Es stand bereits vor der Tür, und es fehlten nur wenige Zentimeter bis es die niedrigen Fenster erreichen würde.

Die Mühle war gut vierzig Meter vom Haus entfernt, und Lorenz kannte den Weg seit seiner Kindheit. Haus und Mühle waren auf den Resten eines uralten Deiches erbaut worden, lagen also höher als die Marsch, doch dazwischen war eine Senke, von Fuhrwerken ausgefahren. Lorenz wusste, wenn er durch das Wasser zur Mühle waten wollte, würde er schwimmen müssen. „Mein Gott, wie furchtbar!“ dachte er. „Hoffentlich behält Fedder die Ruhe.“ Gegen den Wind zu schreien half nichts. Das war ihm klar. Er musste da irgendwie hinüber. Als Kind hatte er auch schon einmal eine große Sturmflut miterlebt, die die Marsch überflutet hatte. Aber damals war der Wasserspiegel nicht so hoch gewesen. Es war vieles zerstört worden, aber es war nicht derartig bedrohlich gewesen. Vielleicht hatte er es als Kind allerdings auch nicht so wahrgenommen, oder sein Vater hatte ihm die Sicherheit nur vorgespielt.

Sein Tau war wohl so um die dreißig Meter lang. Er müsste die Mühle damit beinahe erreichen können. Er müsste allerdings auch mit Abdrift rechnen durch den Sturm und die Strömung von Westen. Die Mühle stand südlich des Hauses. Lorenz überlegte. Einen Schwimmkörper könnte er noch gebrauchen. In Gedanken durchsuchte er die Wohnung und entschied sich für den Tisch in der Stube. Der hatte etwa Manneslänge, und würde ausreichen, um Fedder notfalls damit zu transportieren.

Er holte den Tisch und band ein Tauende an ein Tischbein. Das andere Ende knotete er an den Pfosten der Treppe zum Boden. Dann hob er den Tisch durch die Klöndör nach draußen und legte ihn mit den Beinen nach oben auf das Wasser. Dort fing er sofort an, auf den Wellen zu tanzen und gegen das Haus zu schlagen. Lorenz sprang schnell hinterher und griff nach einem Tischbein. Das aufgewickelte Tau legte er auf den schwimmenden Tisch. Auch eine Laterne hatte er an ein Tischbein gebunden, in der Hoffnung, Fedder würde ihn kommen sehen und ihm durch Zurufen den Weg weisen.

Dann ging er los, in jeder Hand ein Tischbein. Er schritt sicher und zügig voran. Die Mühle konnte er allerdings in der Dunkelheit nicht sehen. Durch die Wellen, die den Tisch anhoben und wieder sinken ließen, konnte er die Höhe des Wassers abschätzen. Wenn er hier oben schon bis zum Bauch im Wasser stand, dann musste die Marsch mehr als zwei Meter hoch vom Wasser bedeckt sein. „Gut, dass die Ernte eingebracht ist!“ dachte er bei sich. „Bis zum Frühling wird sich der Boden wieder erholen.“

Er war jetzt an der Senke angekommen. Jetzt kam der kritische Teil des Weges. Ohne Grundberührung und im Dunkeln wurde es schwierig, den Ansatz auf der gegenüberliegenden Seite anzusteuern. Er rief nach Fedder, so laut er konnte. Aber Fedder antwortete nicht. „Also dann!“ Lorenz nahm all den Mut eines verzweifelten Vaters zusammen, denn Schwimmen gehörte nicht zu seinen Stärken. So legte er sich mit dem Oberkörper auf den Tisch, hielt sich mit den Händen an den Kanten fest und paddelte mit den Beinen, um vorwärts zu kommen. Er wusste, dass er etwas gegen Westen halten musste, um nicht abgetrieben zu werden.

Plötzlich hörte er die Stimme seines Sohnes. „Vater! Vater, Hilfe! Hier!“ „Fedder!“ gab Lorenz Antwort. „Hier!“ hörte er Fedder wieder rufen. Der Ruf kam aus einer ganz anderen Richtung als die Mühle stehen musste. Er war nun doch sehr verunsichert und rief noch einmal: „Fedder, wo bist du?“ „Hier, Vater, auf dem Mühlenflügel!“ Kaum hatte er die Antwort vernommen und angefangen über den Sinn nachzudenken, da rauschte plötzlich das restliche aufgewickelte Tau vom Tisch und riss schließlich unter Spannung das Tischbein ab, an dem es befestigt war. Lorenz hatte die Verbindung zum Haus verloren. „Vater!“ hörte er jetzt von weiter entfernt seinen Ältesten rufen.

Lorenz zog sich ganz auf den Tisch hinauf. Er konnte Fedder nicht mehr helfen und sich selbst auch nicht. Die Wellen wurden höher und länger. Das bedeutete, dass er weiter hinaus trieb. Es hatte aufgehört zu regnen und zu stürmen. Die Strömung trieb Lorenz auf das alte Moor zu, aber das konnte er nicht sehen. Er konnte Gott sei Dank auch nicht sehen, wie die umgebrochene Mühle, die sein Tau abgerissen hatte, nun an das Wohnhaus gelenkt wurde und mit der Wucht des Aufpralls die Ständer des Hauses wie Streichhölzer umknickte. Innerhalb von Sekunden war die Stelle, an der das Haus gestanden hatte, mit allem übersät, was das Leben der Müllerfamilie einmal ausgemacht hatte. Die Wellen und die Strömung verteilten es in alle Richtungen.

Inmitten von Möbeln, Brettern, Kleidern und Hausrat trieb ein Haufen gebundenes Stroh. Oben auf lagen Syke und Magdalena, die sich gegenseitig festhielten. Eingeklemmt zwischen den beiden lag der kleine Matz. Er schrie aus Leibeskräften, doch keiner vermochte, ihn zu beruhigen. Die Strohinsel drehte sich ein bisschen und glitt dann sachte, von den Wellen geschaukelt, in Richtung Moor.

32

Lane hatte die Hühner vergessen. Sie stand mit angespanntem Körper unter dem Gerüst, das durch das Dach in den Boden ragte und bellte es unentwegt an. Die Hühner hatten sich in eine dunkle Ecke verkrochen und verhielten sich ruhig. Katrine war unzählige Male hinunter und wieder herauf gelaufen, hatte das Meereswasser aus dem Flur geschöpft und damit das Feuer gelöscht. Die durchtränkte Decke lag auf dem ausgebrannten Heuhaufen, und Wabe stieg darauf herum, um auch den letzten Keim zu ersticken. Ihr Rocksaum war angesengt und schmutzig von Asche und Salzwasser. Schließlich goss Katrine den letzten Eimer über die Decke. Dann fielen Mutter und Tochter sich in die Arme. Sie hatten es geschafft, das Schlimmste zu verhindern.

„Was ist mit Moder?“ fragte jetzt Wabe, die vorhin während der Feuerbekämpfung gar nicht richtig zugehört hatte, was Katrine gesagt hatte. „Sie will zu Großvater gehen, hat sie gesagt. Sie will nicht aufstehen. Aber Großvater ist doch tot.“ „Ja, Katrine, das ist es wohl. Großmutter möchte nicht mehr kämpfen. Sie ist müde. Aber ich werde jetzt zu ihr gehen und sehen, was ich tun kann.“ Damit ging Wabe die Treppe hinunter und bekam einen großen Schreck, denn sie hatte nicht geahnt, dass ihr Haus mittlerweile bis zu den Fenstern unter Wasser stand. Die Bretter und Sandsäcke vor den Türen hatten nichts genützt. Das Wasser drang durch alle Poren des Hauses, und wenn es die Fenster erreichte, wäre es die Frage, ob die Scheiben dem Druck standhalten würden. Wenn nicht, dann wäre sowieso alles aus.

Mit diesen trüben Gedanken im Kopf watete Wabe durch die Diele in die Döns. Der Wollrock der schönen Friesentracht schwamm auf und legte sich wie ein Reifen um sie herum. Wabe tastete sich langsam in die Stube, wo die Tranlampe noch auf dem Tisch stand.

Sie merkte, dass einige Gegenstände umher schwammen. Warum hatte sie sie auch nicht hochgestellt. Wie konnte sie nur so sicher gewesen sein? Oben auf der hohen Kante lagen die Zündhölzer. Mit klammen Händen griff sie danach, um die Lampe anzuzünden. Doch die Hölzchen waren zu feucht. Es klappte nicht.

Sie horchte. Gischt spritzte gegen die Fenster. Der prasselnde Regen war vorüber. Der Sturm war auch nicht mehr so stark. Moder schnarchte nicht mehr. „Moder?" sprach Wabe ihre Schwiegermutter vorsichtig an. „Moder, bist du wach?" Die einzige Antwort, die sie bekam, war das Knarren des Holzes unter dem Gewicht des Wassers und das Klopfen der Gegenstände, die auf dem Wasser schwimmend aneinander stießen. „Moder, sag doch was!" Wabe wurde es unheimlich. Konnte das Wasser Moders Alkoven schon überflutet haben? Ebenso stark, wie es Wabe zu Moders Bett hinzog, genauso schauderte es sie auch vor dem, was sie da erwarten könnte. Sie kam zu spät. Das befürchtete sie jetzt. „Moder!" rief sie noch einmal und dachte: „Wenn es doch bloß nicht so dunkel wäre!" Sie bekam noch immer keine Antwort.

Sie stand jetzt direkt vor Moders Bett und blickte ins Dunkel. „Moder?" sagte Wabe abermals, aber diesmal sehr kleinlaut und voller Furcht. Ihren ganzen Mut zusammennehmend fühlte sie nun nach der Alkovenkante. Sie war schon unter Wasser. Wabe fühlte weiter nach der Decke und dem Kissen. Die waren noch nicht vom Wasser bedeckt. Wabe schöpfte wieder Hoffnung und griff nach der Mitte des Bettes, um Moder wachzurütteln, aber sie griff ins Leere. Moder lag nicht in ihrem Bett.

Wabes Herz pochte vor Aufregung bis zum Hals. Jetzt stand sie da und wusste nicht mehr, was sie denken oder tun sollte. Wo war Moder? Wieder lief es Wabe kalt über den Rücken. Sie dachte: „Wenn sie nun aufgestanden ist, um doch nach oben zu gehen, und dann gefallen ist." Ihr grauste. Sie mochte den Gedanken gar nicht zu Ende denken. Sie wollte sich Moders Krückstock nehmen, um damit durch das Wasser zu tasten. Aber der Stock war auch nicht an seinem Platz. Also war Moder damit unterwegs. Wabe watete wieder zur Diele zurück und in die Küche hinein. „Moder?" versuchte sie es noch einmal. Mittlerweile war sie sich sicher, dass, wo immer sie Moder suchen würde, sie sie nicht finden würde, weil sie nicht gefunden werden wollte.

Schweren Herzens und voller Schuldgefühle stieg sie wieder zum Boden hinauf. Das Wasser rann ihr aus der schweren Kleidung. In das plätschernde Geräusch des Wassers mischte sich Katrines Stimme. Wabe dachte, Katrine redete mit ihr und sagte: „Ich komme, Kind, ich komme."

33

Nachdem das Feuer erloschen war, breitete sich auf dem Boden wieder Dunkelheit aus. Katrine hörte Lane am anderen Ende des Bodens bellen, konnte aber nicht sehen, warum. Sie wusste, dass Wabe für den Notfall immer alles in der alten Truhe aufbewahrte und wühlte sie nun durch. Tatsächlich fand sie noch ein Bündel Kerzen. Die Zündhölzer vom Balken hatte sie schon in der Schürze. Sie wollte aber kein Risiko eingehen. Nicht noch ein Feuer! Da sie ein schlaues Mädchen war, hatte sie auch sogleich eine Idee. Mit den Füßen tastete sie nach dem Eimer, mit dem sie das Löschwasser geschöpft hatte. Sie stellte ihn auf die Flachdeckeltruhe und wischte den Boden mit ihrer Schürze trocken. Dann zündete sie eine Kerze an, ließ etwas Wachs in den Eimer tropfen und drückte die Kerze schnell in das flüssige Wachs. Im Eimer konnte die Kerze keinen Schaden anrichten.

Stolz auf sich selbst ging sie nun, den Eimer in der Hand, auf die Stelle zu, wo Lane immer noch stand und bellte. Sie ging ganz vorsichtig, denn der Boden lag voll mit der guten Ernte dieses Jahres. Ihr fiel das bevorstehende Erntefest wieder ein, und damit kam ihr auch Fedder wieder in den Sinn. Es schien ihr eine Ewigkeit lang her zu sein, dass sie ihn zuletzt gesehen hatte. „Aus dem Fest wird wohl nichts werden", dachte sie traurig.

Im Kerzenschimmer konnte sie jetzt die dunklen Umrisse des Neufundländers erkennen. Sie hob den Eimer hoch und versuchte, das Objekt zu beleuchten, das Lane so unablässig anbellte. Als sie es erblickte, konnte sie es kaum glauben. Es war ein Windmühlenflügel! Sie schritt mit ihrem Eimer an dem Flügel entlang und vergaß dabei beinahe das Atmen, als sie am Ende des Gestelles ein Bündel Kleidung entdeckte, das mit einem Tau an dem leiterähnlichen Gestell festgebunden war. Es hing so hoch, dass sie es mit ausgestreckten Armen nicht erreichen konnte. Sie hielt den Eimer so hoch sie konnte. Erst jetzt sah sie, dass aus dem Kleiderbündel zwei Arme und zwei Beine herausschauten. Ihre Augen suchten eilig nach dem dazugehörigen Kopf. Der lag, von einem Arm verdeckt, auf den Leiterspeichen und war von einer Wollmütze umhüllt. „Ein Mann! Oh weh, der sieht aus wie tot!" dachte sie.

Lane hatte aufgehört zu bellen und hatte sich hingesetzt. Aufmerksam beobachtete sie jeden Handgriff und jeden Schritt ihres jungen Frauchens. Katrine wagte nicht, an dem Flügel zu ziehen, denn wer wusste, was dann passieren würde. Sie schaute sich um. Irgendetwas musste doch da sein, auf das sie steigen konnte. Tatsächlich fand sie einen alten, verstaubten Hocker. Der sah zwar nicht sehr zuverlässig aus, aber er war besser als gar nichts. Sie stellte den Hocker direkt unter den Kopf mit der Mütze. Den Eimer platzierte sie rechts neben sich. „Wenn Mutter doch nur hier wäre!" wünschte sie sich. Aber sie wollte nicht auf Wabe warten. „Der Mann braucht Hilfe, falls er überhaupt noch lebt. Wie war er um Himmels Willen an den Windmühlenflügel gekommen?" ging es ihr durch den Kopf.

Katrine kletterte ohne Schwierigkeiten auf den Hocker und hatte nun die Hand des Mannes direkt vor ihren Augen. Es war eine junge Hand. Mutig, aber zaghaft, berührte Katrine die Hand. Sie war zwar kalt, aber beweglich. Das war ein gutes Zeichen, denn sie hatte gehört, dass tote Menschen steif würden. Vorsichtig löste sie die Hand von den Speichen, an die sie sich klammerte. Dabei umfasste sie das Handgelenk und spürte das Pulsieren des Blutes. Wenn es auch nur ein sehr langsames Pulsieren war, so war sie jetzt sicher, dass sie einen Lebenden vor sich hatte. Sie ließ den Arm sachte sinken und machte sich an die Mütze heran, die das Gesicht verbarg. Sie musste den jungen Mann erst wach bekommen, ehe sie ihn losband, denn wenn er vom Flügel herunterfiele, würde er sich alle Knochen brechen.

Also schob sie nun ihre rechte Hand unter seinen Kopf, und mit der linken Hand zog sie die Mütze ganz vorsichtig hoch. Flachsblondes Haar kam zum Vorschein. Das Gesicht war zur anderen Seite gerichtet. Katrine ließ die nasse Mütze fallen und nahm den Kopf in beide Hände. Sie meinte, ihr Herz müsste platzen, und ein Aufschrei entfuhr ihr, als sie den Kopf drehte und in sein Gesicht sah. Es war Fedder Lorenzen, ihr Fedder!

Freude und Entsetzen ergriffen Katrine gleichzeitig. Er war bei ihr, ganz alleine! Aber was machte er an dem Mühlenflügel? Warum war er bewusstlos? Während sie sich diese Fragen stellte, rieb und tätschelte sie sein Gesicht, aber er wollte die Augen einfach nicht öffnen. „Einen Eimer Wasser?“ fragte sie sich laut. „Nein!“ gab sie sich selbst die Antwort. „Nass genug ist er schon und kalt genug auch.“ Das war es. Er war kalt und nass. „Er müsste aufgewärmt werden. Aber wie?“ redete sie weiter vor sich hin.

In dem Moment hörte sie ihre Mutter die Treppe heraufkommen. Die würde staunen, wenn sie ihr ihren Fund zeigte. Moder hatte ihn morgens in der Kirche ja auch schon kennen gelernt. „Moder!“ schoss es ihr in den Sinn. Sie hatte gar nicht mehr an Moder gedacht. Was war mit Moder geschehen? Als Wabe oben angekommen war und Katrine ihr Gesicht sah, wusste sie Bescheid. Ihre Großmutter lebte nicht mehr! Tränen stiegen ihr in die Augen. Ihr Hals war auf einmal wie zugeschnürt. Das Glück, das sie noch vor wenigen Minuten empfunden hatte, war wie weggeblasen. Trotzdem fragte sie: „Was ist mit Moder?“ „Ich weiß es nicht“, antwortete Wabe, „sie ist nicht in ihrem Bett, und ihr Krückstock ist auch fort. Ich habe sie nicht gefunden.“ „Aber sie kann doch nicht einfach verschwinden“, meinte Katrine, „wir werden morgen früh weitersuchen, wenn es wieder hell ist.“ „Ja, jetzt können wir nichts machen“, meinte Wabe aufrichtig. Sie und ihre Schwiegermutter waren zwar nie ein Herz und eine Seele gewesen, aber einen solchen schrecklichen Tod wünschte sie ihr nicht. „Eigentlich hatte ja auch Lane Schuld. Sie wollte sie einfach nicht hinunter lassen zu ihr, und dann kam auch noch das Feuer“, versuchte Wabe ihr Gewissen zu beruhigen.

„Mutter!“ wurde sie von Katrine aus ihren Gedanken gerissen. „Mutter, wir sind nicht allein!“ „Wie meinst du das?“ Wabe zog die Stirn kraus und befürchtete, dass Katrines Sinne der Beanspruchung nicht mehr standhielten. Doch Katrine nahm ihre Mutter an die Hand und leitete sie zu der Stelle, wo der Flügel im Dach steckte. Ihre selbstgebaute Lampe hielt sie in der anderen Hand. Wabe musste schmunzeln, als sie den Eimer mit der Kerze sah. „Typisch Katrine!" dachte sie.

„Sieh her, Mutter! Da oben hängt Fedder Lorenzen, der Müllersohn." Und sie ergänzte. „Du weißt schon!" Wie Wabe ihn da von weitem im fahlen Licht der Kerze im Flügel hängen sah, wurde sie ganz starr vor Entsetzen. „Ist er …?" „Nein, fiel ihr Katrine gleich ins Wort. Er lebt noch. Aber er ist bewusstlos und halb erfroren. Wir müssen ihn da schnell herunter holen!"

Wabe ging ungläubig näher heran und überdachte ihre Möglichkeiten. Lane lief wieder umher und schien sich über den neuen Mitbewohner zu freuen, den sie kurz zuvor noch als Gefahr betrachtet hatte. „Da hinten im Heu muss noch irgendwo eine Leiter liegen, wenn Harre sie nicht woanders hingetan hat. Die stellen wir an den Mühlenflügel und lassen Fedder langsam daran herunter gleiten. Du hältst an der anderen Seite das Tau, und ich versuche, Fedder von unten zu stützen, wie bei einem Flaschenzug!" Katrine wusste zwar nicht, was ein Flaschenzug war, aber sie verstand, was ihre Mutter meinte. „Zur Sicherheit, falls er uns doch wegrutscht, legen wir noch einen Haufen Heu unter die Leiter.

Nach kurzer Zeit hatten sie alles vorbereitet. Katrine stieg wieder auf den Hocker und band die Leiter mit einem Seil am Flügel fest, direkt unterhalb von Fedders Körper. Fedders Anblick war unverändert. Das Tau war um Fedders Brust verknotet und das freie Ende mehrfach um den Flügel gewickelt. Katrine wickelte alles vorsichtig ab, bis auf die letzten zwei Schläge, denn da merkte sie schon, dass Zug auf das Tau kam.

„So, Mutter, es geht los!" Katrine sprang mit dem Tauende in der Hand vom Hocker und hielt es stramm. Wabe war die schräge Leiter hinauf gestiegen und erwartete jetzt die Last mit hoch gestreckten Armen. Katrine ließ los. Hand über Hand senkte sich nun Fedders schlaffer Körper, durch Wabes Hände geführt, die Leiter hinab. Fedder war ein kräftiger, junger Bursche. Katrine musste ordentlich gegenhalten, doch Liebe, Stolz und Hoffnung gaben ihr Kraft.

Wabe stieg die letzten Speichen hinunter ins Heu und hielt Fedder am Hosenbund und am Tau zur Sicherheit noch fest, bis er schließlich sanft im Heu gelandet war. „Katrine, geh zur Truhe, dort muss noch eine Decke sein und auch ein paar Sachen von deinem Vater. Bring her, was du findest!“ Katrine war fort wie der Blitz. Wabe hatte kaum Zeit, sich darüber klar zu werden, ob es nun schicklich war, wenn Katrine ihr helfen würde, Fedder die nassen Kleider auszuziehen, da stand Katrine auch schon mit den Armen voller Sachen wieder bei ihnen. „Besondere Umstände erfordern besondere Maßnahmen“, dachte sich Wabe und hoffte, dass Katrines gute Erziehung und ihre Scham sie schon das Richtige tun ließen.

34

Frauke war in Harres Armen eingeschlafen. Der Schluck Wasser hatte ihr gut getan, und Harres Körper gab ihr etwas Wärme. Doch Harre, der schon lange fast reglos in derselben Position verharrte, wurde langsam steif. Seine Beine und sein Rücken schmerzten. Er musste sich bewegen, und es drängte ihn, noch einmal nach Iven zu sehen. Er schaute in die Richtung, wo der Balken lag, der ihre Rettung gewesen war, aber Ivens Tod.

Er konnte etwas sehen! Der mächtige Dachbalken hob sich dunkel von dem helleren Hintergrund ab. Der neue Tag kroch langsam und still aus dem dunklen Nichts hervor. Harre erschauderte. Zögernd schaute er nach oben. Da war nichts als das dämmerige Dunkelblau des Himmels. Über die Schulter zurück blickend konnte er das Holzskelett des Giebels ausmachen, in den sich ihr Balken verhakt hatte. Harre war zu müde und zu matt, um sich seiner fürchterlichen Situation bewusst werden zu wollen. Vorsichtig legte er Frauke auf dem Boden ab. Dann zog er sein Hemd aus, faltete es und schob es unter Fraukes Kopf. Das Butterfass legte er ihr in die Arme wie ein Kind. Mehr konnte er im Moment nicht für sie tun.

Er richtete sich auf, rieb seine Arme und Beine, die ihm kaum gehorchen wollten und schlich dann mit gesenktem Kopf auf die Silhouette seines Sohnes zu. Die Totenstarre hatte Iven verlassen. Seine Beine hingen nun schlaff rechts und links vom Balken herab. Harre war so schwach, dass er nicht einmal mehr weinen konnte beim Anblick seines Sohnes. Er kniete vor dem Balken nieder und zog Iven in seine Arme. Er drückte ihn an sich und wiegte ihn, wie er es getan hatte, als er noch ein kleiner Junge gewesen war. Er strich ihm über das struppige Haar und presste seinen Kopf an seine Wange. „Ich kann dir nicht einmal ein Grab geben, mein Junge!“ sagte er ihm leise ins Ohr. „Wie soll ich es nur deiner Mutter sagen?“

Es wurde zusehends heller am Horizont. Harre fühlte sich so elend wie nie zuvor. Das ersehnte Tageslicht machte alles nur noch viel schlimmer. Harre sah sich und seine Familie auf dem nackten Dachboden eines skelettierten Hauses, der, auf den Ständern ruhend, eine winzige Insel im weiten Meer bildete, das etwa einen halben Meter unter ihnen lauerte. Wenn es noch etwas heller gewesen wäre, dann hätte er auch die vielen Bruchteile der Häuser, Kirchen und Mühlen gesehen sowie unzählige Haushaltsgeräte und tote Menschen und Tiere, die auf dem jetzt ruhigen Wasser vor sich hintrieben.

Aber dazu war es noch zu dunkel. Harre konnte nur bis knapp über den Bodenrand schauen. Plötzlich schlug sein Verstand Alarm und verdrängte für einen Augenblick seine Trauer. Das Wasser würde noch weiter steigen! Die nächste Flut stand bevor. Was konnte er nur tun? Er war nahe daran, verrückt zu werden. „Nur nicht durchdrehen! Um Fraukes Willen. Du musst bei Verstand bleiben!“ sagte er fest zu sich selbst. „Sollten sie sich wieder an den Balken binden? Nein, nicht noch einmal. Das ist Ivens Balken.“ Harre wollte seinen Sohn darauf bestatten, denn der Balken hatte ihn bis hierher getragen. Nun sollte er ihn auch weiter tragen. Irgendwo würde man ihn finden und ihm ein Grab geben. Das versuchte Harre, sich einzureden.

Er legte Iven auf die breiteste Stelle des Balkens. Dann ging er zu Frauke und zog ihr das Butterfass wieder aus den Armen, nahm sein Messer heraus und schnitt ein Stück des Taus ab, mit dem sie sich zusammen gebunden hatten. Damit band er Iven auf dem Balken fest. Ivens Gesicht war lieb und friedlich. Er sah wirklich so aus, als ob er nur schliefe. Harre hätte Iven gerne etwas mitgegeben auf seine letzte Reise, aber er hatte nichts.

Sein Blick fiel auf seine Hand. Ein Ehering steckte daran. Sollte er? Ohne lange zu zögern riss er sich den Ring von seiner durchgeweichten, schwieligen Hand und knotete ihn an Ivens Halstuch. So war zumindest ein Stück seiner Mutter und seines Vaters bei ihm, denn es war Harres Ring, aber im Ring stand ihr Name, Frauke.

Das Wasser, das nun schon unter ihre Plattform klatschte, weckte Harre aus seinen Gedanken. In Augenblicken war sein Leben mit Frauke an ihm vorüber gezogen. Es half nichts, er musste sie jetzt aufwecken. Er nahm sie wieder in die Arme, als ob sie nie auf dem Boden gelegen hätte und küsste ihr Gesicht. Er hatte sich bewusst so hingesetzt, dass sie Iven im Rücken hatten.

Sie blinzelte mit den Augen, schloss sie aber gleich wieder, da das ungewohnte Licht sie blendete. „Trink einen Schluck, Frauke!“ Frauke trank das ihr angebotene Wasser aus dem Lederbeutel. „Frauke, wir müssen uns hinstellen. Komm, steh auf. Ich helfe dir.“ Als sie ihre Augen nun richtig öffnete, wünschte sie sich, sie hätte sie für immer geschlossen lassen dürfen. Was sie sah, verschlug ihr die Stimme. Sie vergrub ihr Gesicht an Harres Brust. Harre blickte über ihren Kopf hinweg nach Osten, wo die Sonne aufging. In der Ferne konnte er den dunklen Saum des Festlanddeiches ausmachen. Jetzt wurde ihm bewusst, dass er das Gleiche sah, was er immer gesehen hatte, wenn er von dem Deich bei seinem Haus nach Osten geblickt hatte. Welch ein Schicksal, zu Hause und doch verloren! Dort nach Süden, keine hundert Meter entfernt, hatte ihr Haus gestanden.

Das Wasser stieg über die Kante des Dachbodens und begann, ihre Füße zu umspülen. „Komm, Frauke, wir setzen uns in das Fachwerk. Der Giebel steht noch.“ Er machte eine Pause. „Frauke, du bist eine tapfere Frau. Du musst jetzt sehr stark sein!“ Er merkte, wie sie in seinen Armen zusammensackte. Sie wusste augenblicklich, was er sagen wollte. Sie kannte diesen Satz. Sie hatte ihn schon viermal zuvor gehört. Dieses war nun das letzte Mal.

Gemeinsam gingen sie nun, um ihrem Sohn die letzte Ehre zu erweisen. Harre hielt Frauke fest im Griff, denn er war sich nicht sicher, wie sie beim Anblick ihres letzten toten Kindes reagieren würde. Aber sie hing an ihm, regungslos, mit leeren Augen. Der Balken lag mit einem Ende auf dem Boden auf, während das andere Ende noch auf dem Fensterfach ruhte. Es herrschte eine tiefe Stille. Nicht einmal Möwen waren zu hören. Unterdessen stieg das Wasser weiter an. Es begann, den Balken vom Boden zu heben. Sanft und fast lautlos glitt er nun von dem Fensterbalken und trieb vor ihnen im knietiefen Wasser. Die Sonne ging auf und verwandelte den Himmel in ein rotes Tuch, ein riesiges Leichentuch.

Es musste ungefähr sechs Uhr gewesen sein, denn das Wasser stieg nicht weiter an. Kein Deich war mehr da und weit und breit nur Meer, drei Meter tief. Die Ebbe setzte ein, zum ersten Mal wieder nach vierundzwanzig Stunden. Langsam wurde Iven auf seinem Balken fortgezogen in Richtung Westen. Die Blicke seiner Eltern begleiteten ihn. Am Horizont sahen sie eine graue Fläche aus dem Wasser ragen. Das musste das Moor sein.

Harre sah gerade noch im Augenwinkel, wie das Butterfass von der Ebbe fortgezogen wurde. „Das Fass“, entfuhr es ihm, und ohne lange zu überlegen, stürzte er sich dem Fass hinterher, denn ohne dessen Inhalt wären auch sie verloren. Frauke stand da, unfähig sich zu bewegen oder etwas zu sagen. Rechts von ihr trieb ihr Sohn davon, links schwamm ihr Mann in dem eisigen Wasser dem Fass hinterher, und sie stand allein und verlassen auf dem Boden des Geisterhauses. „Frauke, das Tau!“ hörte sie Harre rufen. „Frauke, wirf das Tau!“ Frauke kam wieder zu sich und schaute sich um. Da lag das Tau auf dem Boden. Das Wasser war schon wieder abgesackt. Sie lief hin, riss das Tau hoch, band schnell ein Ende an einen der verbliebenen Giebelständer und warf dann das ganze Tau so weit wie sie konnte in Harres Richtung. Er hatte das Fass eingeholt und kämpfte nun gegen den Ebbesog an. Das Tauende kam ihm entgegen. Kurz bevor ihn die Kräfte und sein Bewusstsein verließen, schaffte er es noch, das Tau an das Fass zu binden.

Frauke musste mit ansehen, wie Harres Hände vom Fass abrutschten und er für immer von den Fluten mitgerissen wurde.

„Harre! Nein!“ Dann sackte sie in sich zusammen und blieb allein auf dem Boden liegen.

35

Wenn man Fedder näher betrachtete, dann sah man, dass er noch mehr ein Junge als ein Mann war. Da waren noch die kindlichen Gesichtszüge, und der Bart spross auch erst spärlich. Die Hände waren rau von der schweren Arbeit, aber sehr schlank. Die Nase war von unzähligen Sommersprossen bedeckt. Er sah nett aus. Wabe lächelte in sich hinein. Sie verstand ihre Tochter. Wabe begann nun, Fedders dicke Weste aufzuschnüren. „So“, sagte sie, „ich ziehe ihn an den Händen hoch, und dann ziehst du ihm schnell die Weste über den Kopf.“ Katrine wurde etwas rot, aber sie tat gerne, was ihre Mutter ihr auftrug. „So, jetzt das Hemd!“ Katrine hatte das Gefühl, sie hätte Flöhe im Magen. „Nun mach schon! Er erfriert sonst!“ appellierte Wabe an Katrines Gewissen. Als sie Fedders Hemd hochzog und seinen jungen trainierten Oberkörper zu sehen bekam, wurde ihr mächtig heiß. Sie war zu schüchtern, um genauer hinzuschauen, denn dann wären ihr die riesigen blauen Flecken aufgefallen, die er sich in dieser Nacht zugezogen hatte.

Wabe stülpte Fedder sogleich ein altes Wollhemd ihres Mannes über den Kopf, steckte seine Arme durch die Ärmel, als zöge sie ein Kind an, und streifte dann das Hemd über den Körper nach unten. Als Wabe nun begann, Fedder auch die Hosen herunter zu ziehen, beschloss Katrine, eine neue Kerze zu besorgen, weil die erste fast abgebrannt war.

Wabe hatte kein Problem damit. Fedder hätte ihr Sohn sein können. Und wenn er gerettet werden sollte, dann musste er aus der nassen Kleidung heraus. Als Fedder wieder bekleidet war, kam Katrine mit einer Kerze zurück. Fedder gab immer noch kein Lebenszeichen von sich. „Wir müssen ihn warm reiben!“ Sie hatten Fedder auf die Decke gerollt, die auf dem Heuhaufen ausgebreitet war. Dann begannen Wabe und Katrine, Fedder mit vereinten Kräften zu reiben, zu klopfen und zu schütteln.

Etwas mutiger geworden, kniete Katrine sich jetzt neben Fedders Kopf und begann, seine Wangen und seine Ohren zu reiben. Er war wirklich schrecklich kalt. „Klatsch ihm deine Hände ins Gesicht!“ ordnete Wabe an. „Er muss jetzt aufwachen, sonst ist es für ihn zu spät.“ „Ihn hauen?“ fragte Katrine ungläubig. „Ja! Und ich lege seine Beine auf den Hocker, damit sein Kopf wieder durchblutet wird!“ Katrine klatschte Fedders Wangen mit ihren zarten Mädchenhänden, rieb wieder, klatschte, rieb, aber Fedder kam immer noch nicht zu sich. „Ich schau einmal, ob ich etwas zu trinken finden kann“, sagte Wabe, „mache du solange weiter!“

Als Wabe mit einer weiteren Kerze die Treppe hinunter gegangen war, tat Katrine etwas, was sie sich sonst nie zugetraut hätte. Sie setzte sich neben Fedder, beugte sich über ihn, nahm sein Gesicht in beide Hände und legte ihre Lippen auf seine. Ein bisher unbekanntes, wohlig-warmes Gefühl durchfloss ihren ganzen Körper. „Fedder! Wach auf! Fedder! Ich bin's, Katrine. Komm, wach doch auf!“ rief sie ihn an. Dann begann sie wieder sein Gesicht zu küssen und ihre heißen, erregten Wangen an seinen zu reiben.

Schließlich geschah das Wunder! Fedder öffnete die Augen. Das erste, was er sah, war ein Engel. Es war ja auf dem Boden mit nur einer Kerze nicht wirklich hell. „Wo bin ich? Bin ich tot?“ Katrine drückte wieder ihre Lippen auf die seinen. „Fedder, du lebst! Schau, ich bin's, Katrine.“ „Katrine“; sagte er schwach ihren Namen und war im Begriff, wieder in Ohnmacht zu fallen. „Nicht wieder einschlafen!“ Katrine fasste ihn bei den Schultern und schüttelte ihn. „Komm, sag was!“ Er schaute sie an und sagte wieder ihren Namen. Der Klang seiner Stimme lief ihr durch den Körper wie der erste Becher warmer Kuhmilch am Morgen. „Ich dachte schon, ich wäre im Himmel, als ich dein Gesicht vor mir sah“, sagte Fedder. „Wie komme ich bloß hierher zu euch auf den Boden?“ „Du hattest Flügel!“ antwortete Katrine wahrheitsgetreu und deutete mit dem Zeigefinger zu dem Mühlenflügel, der im Dach steckte. Fedder richtete sich ein bisschen auf und schaute hinter sich nach oben. „Oh Gott! Das ist ja nicht zu fassen!“

Dann kam auch Wabe wieder hoch. Ihr Rock triefte, weil das Haus noch immer unter Wasser stand. In der Hand hielt sie einen

Krug mit Bier. Das war das einzige, was sie im Haus finden konnte und was noch brauchbar war, weil es hoch auf dem Schrank gestanden hatte. Auch ein Stück Brot und Käse waren für alle dabei.

Nun saßen Wabe, Fedder und Katrine auf der Decke im Heu und stärkten sich. Fedder hatte sich inzwischen gut erholt und musste erzählen, wie es ihm ergangen war. Nachdem er es aufgegeben hatte, zum Müllerhaus hinüber zu gehen, weil das Wasser zu tief war, hatte er das Tau wieder losgebunden und war zurück in die Mühle gegangen, um sich vor Sturm und Regen zu schützen. Plötzlich war das Gehäuse umgeweht worden. Es hatte ja zuvor schon einen Knacks wegbekommen. Fedder war aus der Mühle heraus gefallen und hatte sich gerade noch an einem Flügel festhalten können. Er hatte sich hinaufgezogen und selbst mit dem Tau, das noch um seine Brust geknotet war, am Flügel festgebunden, falls er sich nicht mehr halten konnte. Dann erinnerte er sich nur noch, dass er irgendwo seinen Vater hatte rufen hören und dass die Mühle dann das Haus gerammt haben muss. Was danach passiert war, wusste er nicht.

So, wie die drei da saßen in beinahe fröhlicher Runde, konnte es nicht über die traurigen Umstände hinwegtäuschen, die die letzten Stunden bestimmt hatten. Nun erzählte Katrine, wie es ihnen ergangen war. Lanes merkwürdiges Verhalten, das Feuer, dann er und dass nun auch noch Moder verschwunden war. Fedder versprach, den beiden beim Suchen und auch beim Aufräumen zu helfen. Doch sie mussten erst warten, bis es heller wurde. Es konnte ja nicht mehr lange dauern.

36

Was Wabe, Katrine und Fedder nicht ahnen konnten, Rörbeck gab es nicht mehr. Auch die Nachbardörfer gab es nicht mehr. Die Deiche waren vernichtet, völlig abgetragen, und die Insel Strand war bis auf ein paar kleine Reste jämmerlich untergegangen. Hier und da ragten noch ein paar Dächer, Kirchen oder Bäume aus dem meterhohen Wasser, das nun alles bedeckte. Der Fluch hatte sich erfüllt. Überall trieben die Überbleibsel von hunderten von Jahren alter Kultur. Nur das Moor mit seiner Heide im Norden der ehemaligen Landschaft ragte noch wie eine Scholle aus dem jetzt ruhigen Wasser. Dieses sonst ungastliche Moor fing in dieser Nacht einige Überlebende ab, bevor sie auf das weite Meer hinausgetragen werden konnten. Auch Fedders Vater hatte Glück gehabt und war dort mit seinem Tisch gestrandet. Auch der Heuhaufen mit Syke, Magdalena und Matz hatte sich im Heidekraut verfangen. Ebenso die Kanzel von Rörbeck mit den drei Jungen darin. Alle miteinander hatten nichts als ihr nacktes Leben gerettet, aber das war mehr, als sie erwartet hatten. Sogar ein paar Tiere hatten es geschafft, sich auf das Moor zu retten. Alle waren froh überlebt zu haben. Das Schlimmste stand ihnen aber noch bevor: Wie sollten sie weiterleben? Dicht zusammengekauert hockten sie auf dem Heuhaufen, als der neue Tag anbrach. Ein Tag ohne Sturm und Regen. Ein sonniger Tag.

37

Wabe hatte sich auch ein bisschen ausgestreckt. Erschöpft war sie für ein oder zwei Stunden eingeschlafen, während Lane ihr zu Füßen lag. Fedder und Katrine hatten sich auf die oberste Stufe der Treppe gesetzt und dachten über ihre Zukunft nach. Fedder hätte ja einmal die Mühle seines Vaters übernehmen wollen, aber nun gab es diese Mühle gar nicht mehr. „Von Lindenau wird eine neue Mühle bauen“, meinte Katrine mit naivem Optimismus. „Ich weiß nicht“, sagte Fedder, der ihr nicht direkt widersprechen mochte. „Sollen wir mal schauen, wie es unten aussieht? Es müsste doch schon Tag sein.“

Katrine ging voraus. „Das Wasser ist ein bisschen zurückgegangen. Vorhin stand es noch zwei Stufen höher.“ Die Ebbe hatte eingesetzt. Die beiden jungen Leute gingen Hand in Hand in die Döns. Das Tageslicht fiel durch die vollgespritzten Fenster. Sie waren ganz weiß von Salz. Überall lag oder schwamm etwas herum, denn der Boden war immer noch mit Wasser bedeckt. Auf dem Stuhl lagen die weißen Schürzen der Sonntagstracht. Katrine schaute unwillkürlich auf die drei Alkoven, die an der Rückwand gegenüber den Fenstern standen. Alle drei Betten waren verlassen. Wo war Moder?

„Sie könnte in den Stall gegangen sein“, dachte sich Katrine. In der Wohnung war sie jedenfalls nicht. Fedder und Katrine wateten zurück in die Diele und von da aus in die Küche, von wo eine Tür in den Stall führte.

In der Küche sah es schlimm aus. Die Sitzbänke waren umgefallen, Holz, Schüsseln und allerlei Küchengeräte trieben auf dem Wasser oder häuften sich in den Ecken. Wo das Wasser gestanden hatte, hinterließ es seine feuchten und schmutzigen Spuren. „Wie lange wird es dauern, bis wir das alles wieder in Ordnung gebracht haben?“ dachte Katrine.

Dann standen sie vor der Tür zum Stallanbau. Katrine hob den Bügel hoch und wollte die Tür wie gewöhnlich aufmachen, aber sie ließ sich nicht öffnen, nur ein ganz kleines Stück. Sie stieß gegen etwas. Es war hart und leistete heftig Widerstand. „Soll ich es einmal versuchen?“ fragte Fedder. „Wenn du magst“, sagte Katrine und ging ein bisschen zur Seite, damit Fedder an die Tür herankam.

Inzwischen war der Wasserspiegel so weit gesunken, dass alles, was vorher geschwommen war, jetzt auf dem Fußboden lag. Dennoch war dieser von einer dünnen Schicht Wasser bedeckt. Fedder holte tief Luft, ging einen Schritt zurück und stürzte sich dann mit Schwung gegen die Tür. Dahinter knarrte und krachte es, doch sie ließ sich nur soweit aufdrücken, wie notwendig war, um einen Blick in den Raum dahinter werfen zu können. Katrine schrie auf bei dem Anblick, und Fedder stand da wie versteinert.

Sein Mühlengehäuse hing schräg an der Warft und hatte den Stallanbau des uthländischen Hauses zusammengeschoben. Das Reetdach war darüber eingestürzt und hing zerfetzt herunter. Hinter der Tür lagen Balken und Steine, und im Dach des Hauses steckte der eine Mühlenflügel. Dort, wo einmal der Stall gewesen war, lag ein Trümmerhaufen, und mitten drin befand sich das, was von der Mühle übrig geblieben war.

Erst jetzt wurde den beiden das ganze Ausmaß der Katastrophe klar, denn das Haus war, wie durch ein Wunder, verschont geblieben. Die Nacht hatte alles Leid um sie herum verborgen gehalten.

Katrine sank in Fedders Arme. Auch sie verließen nun die Kräfte. Durch die Tür hatte sie nicht, wie erwartet, in den Stall und auf die Tiere geblickt und Moder entdeckt, wie sie gehofft hatte, sondern sie hatte begriffen, dass alle Tiere fort waren, dass der Stall zertrümmert war und dass die Mühle wahrscheinlich in Kürze das Haus auch noch eindrücken würde. Von Moder gab es keine Spur.

Fedder zog die Tür zur Sicherheit wieder zu. „Was wohl aus Vater, Syke, Magdalena und Matz geworden ist!“ fragte er, durch die Situation völlig entmutigt. Er war sich jetzt sicher, dass es sein Zuhause nicht mehr gab und dass er seine Familie nie wieder sehen würde. Trotzdem war er einigermaßen gefasst, denn er hatte eine Verantwortung übernommen. Er musste stark sein. Wabe und Katrine hatten ihm das Leben gerettet. Nun brauchten sie ihn. Er hatte keine Zeit zum Traurigsein.

Mit Katrine im Arm steuerte er wieder die Treppe an. Das Wasser war inzwischen so weit gesunken, dass der Fußboden zum Vorschein kam. Alles war nass und roch modrig. Es würde lange dauern, bis alles wieder trocken wäre. „Falls das Haus überhaupt hält“, dachte Fedder, „und wenn die Mühle sich weiter senkt, dann bricht der Flügel ganz durch das Haus, wahrscheinlich mitten in die Döns.“ Er überlegte angestrengt, wie sie sich schützen könnten, wohin sie gehen sollten. „Woher könnte ich Hilfe holen?“ fragte er sich. Es fiel ihm keine Antwort ein.

Er trug Katrine erst einmal nach oben und legte sie vorsichtig neben ihre Mutter auf das Heu. Lane schaute kurz zu ihm auf, legte ihre Schnauze aber gleich wieder auf Wabes Beine. Vielleicht waren sie hier oben am besten aufgehoben. Wenn das Haus zusammenfiele, dann hatten sie vielleicht auf dem Boden die größte Überlebenschance.

Fedder ging wieder nach unten, um sich über ihre Situation klar zu werden. Er öffnete den oberen Teil der Klöndör. Es war nicht mehr seine Heimat, die er da sah. Eine große, endlose Ebene, überdeckt von Schlick und Trümmern, toten Menschen und Tieren bot sich seinen Augen. In einiger Entfernung standen die Ruinen der Kirche. Viele Warften und der Deichweg waren kaum noch erkennbar. Die wütende See hatte sie abgeschliffen. Nur auf wenigen Warften standen noch Reste von Häusern. Meistens waren es die Ständer, die stehen geblieben waren. Gespenstisch streckten sie sich zum Himmel wie um Gnade bittend. Im Westen sah Fedder eine Scholle Erde aus der Ebene herausragen. Die Kanten wirkten steil, wie ausgewaschen.

„Das muss das Moor sein", vermutete er. Er konnte allerdings nicht sehen, wie Menschen dort umherstreiften und zusammensammelten, was die Ebbe ihnen gelassen hatte. Fedder stützte sich auf die Klöndör, vergrub seinen Kopf in seine Arme und begann, bitterlich zu weinen. Heute war sein achtzehnter Geburtstag.

38

Frauke war inzwischen aus ihrer Erschöpfung erwacht. Sie saß auf dem Boden ihres ehemaligen Nachbarhauses und blickte teilnahmslos um sich. Am liebsten hätte sie sich wieder hingelegt und wäre für immer wieder eingeschlafen. Es gab keinen Grund für sie, weiterzuleben, zumal sie auch keine Chance sah, wie sie weiterleben sollte.

Ihre Augen fanden das Tau, das immer noch an einem Ständer angebunden war und dessen anderes Ende sie nicht sehen konnte. „Das Tau! Es hat uns gerettet, es könnte mir gut noch einmal dienen!" ging es ihr durch den Kopf. Auf Knien rutschte sie zu dem Ständer, an dem das Tau hing. „Gar nicht lange nachdenken!" sagte sie zu sich, „einfach machen und fertig!" Wie in Trance zog sie das Tau Hand über Hand zu sich nach oben, bis schließlich das Butterfass polternd über der Kante erschien.

In dem Moment schämte sie sich für ihre Gedanken. Harre hatte das Fass für sie angebunden, damit sie überleben konnte. „Er ist gestorben, damit ich leben kann. Oh Harre, wäre ich doch bei euch!" weinte sie. Langsam zog sie das Fass zu sich heran und rutschte etwas von der Kante zurück in Sicherheit. Es sah fast wie ein Ritual aus, als sie den Deckel vom Fass löste, ihn liebevoll zur Seite legte und den Inhalt untersuchte. Das Fass war alles, was ihr von ihrem Leben, ihrer Familie und ihrem Haus geblieben war.

Die Speckschwarten legte sie auf den Deckel. Dann nahm sie den Wasserbeutel und trank ein paar Schluck. Immer wieder kullerten ihr die Tränen über die Wangen. Sie war so allein. Nachdem sie den Beutel wieder gut verschlossen hatte, legte sie ihn sich auf den Schoß und strich noch einmal mit der Hand über das weiche Leder, als ob es Harres Hand gewesen wäre.

Im Fass fand sie Harres Messer, ein Erbstück von seinem Vater, das er immer sehr in Ehren gehalten hatte, Kerzen, Zündhölzer und ein Stück Käse. Erst, als sie den Käse sah, merkte sie, dass ihr Magen vor Hunger schmerzte. Sie schnitt sich ein Stückchen ab und kaute ganz lange darauf herum, um nicht gierig zu viel des kostbaren Gutes zu verschlingen.

Sie fühlte noch einmal in das Fass hinein. Ganz unten lag noch etwas. Es fühlte sich etwas ekelig an den Fingern an. Herzhaft ergriff sie es und zog es heraus. „Ein öliges Tuch?“ fragte sie sich erstaunt, „was mag er darin eingewickelt haben?“ Frauke legte den Leinenklumpen neben sich und breitete Zipfel für Zipfel aus. „Unsere Bibel!“ Harre hatte gewusst, was wichtig war in der Not. Frauke begann zu blättern. Gleich ganz vorne standen die Daten ihrer Familie, wann sie und Harre geheiratet hatten und die Geburtstage und Sterbetage der Kinder.

Sie blätterte weiter. Die schönen verschnörkelten Buchstaben schwammen vor ihren Augen beinahe davon. Manche Seiten waren schon ein bisschen abgegriffen von der häufigen Benutzung, denn Harre hatte fast jeden Abend nach dem Abendbrot etwas aus der Bibel vorgelesen. Es war das einzige Buch, das sie besaßen. Jetzt schlug sie eine Seite auf, in der ein vierblätteriges Kleeblatt gepresst lag. Sie wusste, warum es dort steckte. An ihrem Hochzeitstag waren sie für eine kurze Zeit den Gästen davongelaufen und hatten sich auf der Wiese im hohen Gras versteckt, um sich ihre Liebe füreinander zu zeigen. An dem Abend fanden sie das Kleeblatt und meinten, es müsse ihnen ein Leben lang Glück bringen. Harre hatte es auf die Seite gelegt, auf der ihr Hochzeitsspruch stand: „Gott ist Liebe; und wer in der Liebe bleibt, der bleibt in Gott und Gott in ihm.“ (1 Johannes 4, 16).

Frauke fühlte sich an Leib und Seele wieder etwas gestärkt. Liebevoll wickelte sie die Bibel wieder in das Öltuch und verstaute sie ganz unten im Fass. Auch die anderen Sachen legte sie zurück und verschloss es so, wie auch Harre es gemacht hatte. Dann stellte sie sich hin und schaute in die Runde. Sie wirkte nun zuversichtlich und voller Hoffnung, wusste aber nicht recht, in welche Richtung sie gehen sollte. Abgesehen davon musste sie erst einmal vom Dachboden hinunter klettern.

Sie wischte sich ihr Gesicht mit der nassen Schürze ab, rieb sich die Augen, doch das Salzwasser brannte eher, als dass es reinigte. Sie kniff die Augenlider zusammen und spähte in die Richtung, wo sie am vorherigen Morgen zur Kirche gegangen waren. Das Sonnenlicht ließ die nasse Ebene schimmern und flimmern, so dass sie erst nach sehr genauem Hinsehen die Ruinen der Kirche erkennen konnte. Häuser und Warften waren nicht zu sehen. „Doch, da! Was ist denn das? Da müsste doch ungefähr das Haus von Wabe sein. Das sieht ja merkwürdig aus. Liegt da eine Mühle?“ Das alles fragte sich Frauke, ohne dass sie eine Antwort erwartete. Sie schaute auch noch einmal in die andere Richtung, nach Osten, zum Festland. Aber sie wusste, dass dort das Tief entlang lief, und dass es für sie kein Durchkommen gab, obwohl es näher schien als das Moor im Westen. „Ob die von der Geest wohl kommen, um uns zu helfen? Es ist niemand zu sehen, und in ein paar Stunden wird die Flut wieder einsetzen!“ überlegte sie.

Ihr Entschluss stand fest. Sie wollte zu dem merkwürdigen Haus gehen. „Irgendwo müssen doch noch Menschen überlebt haben, so wie ich. Und wenn ich niemanden finde und in der nächsten Flut ertrinke, ist es auch gleich, ob es hier oder dort geschieht.“ Mit diesen Worten zu sich selbst nahm sie das Fass, ging zu dem Ständer mit dem Tau und schaute hinunter. So hoch war es nicht. Sie war jung und gesund, und es war noch gar nicht so lange her, dass sie mit Harre und Iven im Stall Verstecken gespielt hatten. Dabei war sie auch auf den Heuspeicher geklettert und später wieder hinunter.

Sie warf das Fass auf eine Stelle, wo sie unter der Schlickschicht dickes Gras vermutete. Es kam tatsächlich sanft auf und sackte etwa zur Hälfte ein. „So tief ist der Schlick nicht“, schätzte sie, „aber der

Boden wird auch weich sein. Aber was soll es. Ich muss es versuchen!“ Sie überlegte kurz, wie die Jungen immer an den Tauen zu klettern pflegten. Dann legte sie es sich über den Rücken, klemmte es mit beiden Armen ein und zwischen die Füße. Aufgeregt, aber mutig, ließ sie sich auf den Boden hinab sinken und stieß sich dabei immer ein wenig von dem Ständer ab, wenn sie ihm zu nahe kam. Schließlich war sie unten angekommen. Ihr Gewicht ließ sie bis zu den Knöcheln im aufgeweichten Boden versinken.

Das Tau musste sie hängen lassen, denn es war ja oben verknotet. Es fiel ihr schwer, etwas zurück lassen zu müssen. Es war ihr, als ließe sie einen Teil ihres Mannes zurück, doch es war nicht zu ändern. Also grub sie das Fass mit den Händen aus der Schlickschicht, nahm es in ihre Arme und machte sich auf den schwierigen Weg. Mit jedem Schritt versackten ihre Füße. Es war sehr ermüdend, denn obwohl sie ein paar Stunden geschlafen hatte, war sie doch sehr entkräftet von der Nacht.

Einmal schaute sie sich noch um. Das Gebilde, das ihr Schutz geboten hatte, sah von weitem aus wie eine Bühne oder wie die Tanzflächen, die unter freiem Himmel für Feste aufgebaut wurden. Sie stapfte weiter und weiter. Die Zeit verging, wie viel Zeit, das konnte sie nicht schätzen. Es mochte Mittag sein, denn die Sonne stand im Süden. Zweimal war sie hingefallen, weil sie ihre Füße einfach nicht mehr heben konnte. Sie schienen auch immer schwerer zu werden.

Fraukes Kleid war vollkommen mit grauem, stinkigem Schlick überzogen. Das Fass war ihr unzählige Male aus den Händen gerutscht. Es war beschwerlich, damit vorwärts zu kommen, aber sie gab es nicht auf. Schritt für Schritt kam sie dem halb eingestürzten Haus mit der angeschwemmten Mühle näher. Ein Fußmarsch von sonst einer knappen Stunde schien jetzt ewig zu dauern. Auch die Sonne war ein Stück weitergekommen und schien ihr von links ins Gesicht. Die Haut spannte und tat weh. Alles tat weh, die Haut, der Kopf, die Füße, der Rücken und auch das Herz. Trotzdem mühte Frauke sich ab, um vor der Flut das vermeintlich rettende Haus zu erreichen.

Auf dem Weg zwischen Harres und Wabes Häusern war immer ein Siel gewesen. Ein schmaler Bohlenpfad war darüber ausgelegt, um Menschen und Tiere hin- und herwechseln zu lassen. Aber wo war dieser Siel jetzt? Alles schien eine glatte Ebene zu sein. Eine heimtückische Falle wartete darauf, Frauke zu schnappen. Von einem Schritt zum anderen könnte sie in den mit Schlamm gefüllten Graben treten und versinken. Keiner würde sie sehen, keiner würde sie hören. Ihre Augen tasteten jeden Meter vor ihren Füßen auf Unebenheiten hin ab.

Sie hatte Wabes Haus jetzt eindeutig erkannt. Es stand auf einer besonders hohen Warft und war daher weniger zerstört worden als die übrigen Häuser des Dorfes. Jetzt sah sie auch, dass der eine Mühlenflügel wie ein Dolch im Dach des Hauses steckte. Sie versuchte, nicht über die Gründe oder die Folgen nachzudenken. Wenn sie das Haus lebend erreichte, würde sie noch genug Zeit zum Nachdenken haben. Während sie ging, schaute sie fasziniert auf die Mühlenflügel. Wie groß sie waren im Verhältnis zum Haus! Dann passierte plötzlich das befürchtete Unglück. Frauke war einen Augenblick unkonzentriert gewesen und kam aus dem Gleichgewicht, als ihr Fuß in den breiig zugeschlickten Graben trat.

39

Fedder hatte seine Fassung wieder gewonnen, indem er alle Möglichkeiten erwogen hatte, die Katrine, ihre Mutter, ihn und den Hund retten könnten. Er war zu der Überzeugung gekommen, dass sie im Haus nicht mehr sicher waren, solange die Mühle darauf ruhte. Sie müsste zerlegt und abgebaut werden. Aber wie sollte er das alleine anstellen, zumal er kein Werkzeug hatte. Vielleicht könnte er den Flügel, an dem er gehangen hatte, absägen und bei der nächsten Flut, in ein paar Stunden, versuchen, die Mühle vom Haus fortzuziehen.

Andererseits, was sollten sie in diesem Haus? Es war das einzige weit und breit, das noch einigermaßen bewohnbar war. Kein Dorf, keine Kirche waren mehr da, keine anderen Menschen, mit denen zusammen man neu beginnen konnte. „Nein, auf die Dauer können wir hier nicht bleiben. Allein sind wir nichts. Eine der nächsten Fluten wird auch uns holen!“ dachte Fedder und blickte über die weite Ebene bis zum Horizont.

Wabe war aufgewacht und stieg leise die Stufen zu ihm herunter. Katrine schlief noch fest. Auch Lane kletterte mit ihren großen Pfoten unbeholfen die Stiege hinunter hinter Wabe her. Nach der langen Nacht musste sie unbedingt einmal nach draußen, um ihr Geschäft zu machen.

„Ach, Fedder“, seufzte Wabe, „es sieht schlimm für uns aus, nicht?“ „Ja, ich habe auch schon die ganze Zeit darüber nachgedacht, was wir tun sollen. Egal, wie wir uns auch entscheiden, es kann nicht gut gehen!“ fasste Fedder kurz das Ergebnis seiner Überlegungen zusammen. „Sei doch nicht so pessimistisch! Du und Katrine, ihr seid doch noch so jung. Es muss einen Weg geben!“ versuchte Wabe, ihn aufzumuntern. „Habt ihr Moder gefunden?“ fragte Wabe so zaghaft, als wollte sie die Antwort eigentlich gar nicht wissen. „Nein!“ antwortete Fedder ohne weitere Erklärungen oder Mutmaßungen.

Lane jaulte und schubste Wabe mit der Nase an. „Fedder, kannst du bitte die Tür aufmachen und Lane hinauslassen?“ Fedder schlug den Eisenbügel zurück und zog die Tür nach innen auf. Er nahm zwei der Bretter fort, ließ aber die Sandsäcke liegen. Lane sprang mit einem Satz über die niedrige Hürde ins Freie. Wabe und Fedder folgten Lane nach draußen und sogen die frische Luft ein. Die Sonne schien, als wäre nichts gewesen. „Die Tiere sind alle fort!“ stellte Wabe betrübt fest. Es hatte nichts genützt, sie auf die Warft zu treiben. Sie gingen ein Stück um das Haus herum, und nun konnte auch Wabe die eingestürzten Stallfächer sehen und die Mühle, die Fedder hierher gebracht hatte. „Oh, mein Gott! Wie dicht liegen Glück und Unglück beieinander?“ Sie schüttelte den Kopf und fand keine Worte mehr.

„Wabe, hast du eine Säge, einen Hammer und anderes Werkzeug?“ fragte Fedder unvermittelt. „Ja, ich glaube im Stall ist …“ Sie brach ab, denn mitten im Satz wurde ihr klar, dass das Werkzeug mitsamt den anderen Dingen, die im Stall gelegen hatten, verloren waren. „Vielleicht ist noch eine alte Säge auf dem Boden. Was hast du denn damit vor?“ Fedder erklärte ihr, was er sich überlegt hatte. „Wir müssten uns ein Floß bauen. Wenn die Flut wieder kommt und das Haus auch noch von der Mühle erdrückt wird, dann können wir uns mit einem Floß vielleicht retten.“ „Das ist eine gute Idee, Fedder! Du bist ein kluger Junge. Gut, dass Gott dich zu uns geschickt hat!“ Sie legte ihre Hand auf Fedders Schulter und fuhr fort: „Schau nach, was du findest und gib Bescheid, wenn du Hilfe brauchst. Ich werde im Haus zusammentragen, was wir brauchen können. Ein paar Tage können wir so vielleicht überbrücken.“

Mit diesen Worten ging Wabe zurück ins Haus, und Fedder kletterte in den Trümmern des Stalls herum und suchte nach geeignetem Baumaterial für das Floß. Auf Lane achtete keiner. Sie hatte etwas gehört. Waren es Möwenschreie oder hatte ein Mensch verzweifelt um Hilfe gerufen? Fedder zog an Balken und schob Steine mit den Füßen fort, so dass er nichts davon wahrnahm. Lane lief die Warft hinunter in die Richtung, aus der die Geräusche kamen.

Wabe war in der Küche. Obwohl sie ahnte, dass sie ihr Haus aufgeben musste, brachte ihr Hausfrauenherz es nicht fertig, alle Sachen so im Raum verstreut liegen zu sehen. Sie versuchte, alles so weit wie möglich wieder an seinen gewohnten Ort zu stellen. Alles, was nass und schmutzig geworden war, legte sie in eine Holzwanne. An Abwaschen war nicht zu denken, denn sowohl der Brunnen wie auch der Fething waren mit Salzwasser und Schlick vermischt. Es würde Tage dauern, bis das Wasser wieder brauchbar wäre. Sie räumte hier und sortierte da und war noch recht unentschlossen, was sie alles packen sollte. Sie verdrängte den Gedanken, dass sie dieses gewohnte Leben in Kürze aufgeben musste und dass sie sich von jedem kleinen Stück Erinnerung trennen und es einfach dem Meer überlassen musste. Ihre Gedanken irrten umher. Moder war gegangen, hatte sich allem entzogen. Trauer, Wut und schlechtes Gewissen kämpften in ihr. Was sollte aus Katrine werden. Nein, sie musste sich zusammenreißen.

Vor dem Haus legte Fedder alle Balken gleicher Länge nebeneinander, bis er glaubte, die richtige Länge für ein Floß zu haben.

Taue zum Zusammenbinden lagen auf dem Boden. Also ging er nach oben, um welche zu suchen und zu schauen, was er sonst noch an Brauchbarem finden konnte.

Als er an dem Heulager vorüber kam, auf dem Katrine zusammengerollt wie ein Kätzchen immer noch schlief, konnte er nicht umhin, trotz der gebotenen Eile stehen zu bleiben und sie anzuschauen. Ihr Anblick ließ sein Herz schneller schlagen. Dadurch, dass sie auf der Seite lag, zeichnete sich ihr Körper gut unter der Kleidung ab. Es verlangte ihn, sie zu berühren und zu liebkosen, aber sein Verstand sagte ihm, dass das wohl nicht der richtige Zeitpunkt war. Er begnügte sich mit einem Blick auf ihre hübschen Beine, die unter dem hoch gerutschten Rock hervorschauten und war glücklich, in ihrer Nähe zu sein. Nur mit Mühe konnte er den Blick von ihr lösen.

Zunächst knotete er sein Tau von dem Mühlenflügel ab, wickelte es auf und suchte dann nach weiteren Dingen, die nützlich waren. In einer Ecke fand er tatsächlich ein altes Sägeblatt. Als er es herausziehen wollte, flatterten die Hühner aus ihrem Versteck. Fedder erschrak, denn er hatte mit dem Federvieh nicht gerechnet. Überrascht sah er ihnen nach, wie sie, ihrerseits erschreckt, mitten auf dem Boden in der Nähe von Katrine landeten. Dann wendete er sich wieder seinem Vorhaben zu.

Er band die Leiter vom Mühlenflügel los und stellte sie gegen einen Querbalken im Dachstuhl, der dicht neben der Einstichstelle des Flügels war. Behände kletterte er auf den Balken und begann mit großer Anstrengung, den Flügel direkt unter dem Dach abzusägen. Das ging sehr schwer, weil das Sägeblatt alt und stumpf war. Aber schließlich gelang es ihm. Wenn sie Glück hatten, würde die nächste Flut die Mühle vom Haus fortziehen. Von dem Flügel wollte er ein Stück absägen, mit Tuch versehen und ihn als Segel in das Floß einsetzen.

Von den Geräuschen wurde Katrine wach. In ihren Träumen war sie sehr weit weg gewesen, denn jetzt schaute sie sich nach Fedder um und sah recht verwirrt aus. Fedder, der mit dem Rücken zu ihr stand, hatte nicht bemerkt, dass sie aufgewacht war. Er sägte Sprosse für Sprosse des Flügels ab. Durch das Loch im Dach fiel das Sonnenlicht auf sein Gesicht.

Katrine besann sich einen Augenblick, stand dann auf und zupfte ihren Rock zurecht. Es war ihr schon ein bisschen peinlich, dass er sie so gesehen hatte. Sie nahm ihre Spange aus dem Haar, strich sich mit allen zehn Fingern durch die langen Locken, fasste die lange Mähne mit einer Hand zusammen und wickelte sie wieder zu einem Knoten. Zum Schluss kam wieder die Spange hinein, um den Knoten zu halten.

Solchermaßen vorbereitet ging sie zu Fedder, schaute zu ihm hoch und fragte ihn, was er da tue. Er erklärte es ihr mit ein paar Worten und bat sie dann, ihm eines der Bretter zu reichen, die er mit hochgebracht hatte. Er befestigte eines nach dem anderen an den Dachsparren, um das Loch wenigstens notdürftig zu schließen, denn sie waren sich ja nicht sicher, ob sie bleiben konnten oder das Floß nutzen mussten.

Das Floß war noch lange nicht fertig, und es war schon Mittagszeit. Ebbe! In sechs Stunden würde das Wasser wieder vor der Tür oder sogar im Hause stehen. Sie mussten sich beeilen. „Komm, Katrine, hilf mir, die Werkzeuge nach unten zu tragen!“ Fedder und Katrine sammelten alles in einem der herumstehenden Körbe und trugen ihn dann gemeinsam hinunter. Vor der Haustür lagen schon die dicken Balken, die den Schwimmkörper des Floßes bilden sollten. „Pass auf, Katrine! Ich hebe einen Balken an, und du ziehst das Tau darunter hindurch. Ich verknote es, und dann machen wir das gleiche mit den anderen Balken, bis wir eine genügend große Fläche haben.“ „Gut, Fedder. Lass uns anfangen!“ Sie beugte sich hinunter, um mit dem Tau zu verfahren, wie Fedder es ihr gezeigt hatte. Dabei streckte sie ihren niedlichen kleinen Po so heraus, dass Fedders Hand wie magnetisch davon angezogen wurde. Er gab ihr einen ganz zärtlichen, leichten Klaps auf das Hinterteil. Sie schnellte hoch und schaute ihn entrüstet, aber nicht zu ärgerlich an. „Fedder! Wenn meine Mutter das sieht!“ Da keiner sich wirklich Gedanken darüber machte, was Wabe wohl in diesem Fall getan hätte, fügte sich Balken an Balken zu einer stattlichen Fläche, begleitet von gelegentlichem Gekicher und Getuschel der beiden verliebten Jugendlichen.

Als sie gerade fertig waren und ihr Werk bestaunten, kam Wabe aus dem Haus und brachte ihnen etwas zu Essen und zu Trinken. Es schmeckte, ehrlich gesagt, schrecklich, denn alles hatte irgendwie den Geschmack der letzten Nacht angenommen. Da sie aber hungrig waren, schluckten sie es einfach hinunter, ohne lange und genüsslich darauf herumzukauen. Während sie so vor sich hin aßen, hing jeder Einzelne seinen ganz privaten Gedanken nach. Stumm blickten sie über die ehemals fruchtbare Landschaft, die ihr Grün gegen ein einheitliches Grau eingetauscht hatte.

Wabe schaute in Richtung Festland, ob irgendeine Hilfe von dort aus sichtbar wurde. Aber es rührte sich nichts. „Mit Fuhrwerken können sie nicht kommen, und wenn es Flut ist, wird es für Rettungen zu dunkel sein!“ sagte sie. „Wir müssen uns selbst helfen, sonst sind wir verloren“, dachte sie. Fedder hatte inzwischen begonnen, Bretter auf die Bohlen des Floßes zu nageln, damit ein glatter Boden entstand. Danach stellte er Versuche mit dem abgesägten Mühlenflügel an. Er brauchte eine Führung, und er musste drehbar sein. Fedder ging noch einmal um das Haus zum verfallenen Stall und schaute, ob sich etwas Passendes fand.

Die Sonne war unaufhaltsam auf ihrem Weg nach Westen, was bedeutete, dass die Flut kam. Im Moment war es windstill, aber das Wetter konnte schnell umschlagen. Einen weiteren Angriff von Wasser und Wind würde das Haus nicht aushalten. In der Ferne glitzerte der Boden in der Sonne. Das Wasser sammelte sich bereits.

40

Zuerst liefen die Gräben voll Wasser. Es mischte sich mit dem Schlick, den die Flutwellen in der Nacht zurückgelassen hatten. Fast unmerklich schlich sich das Wasser heran, nicht mit Getöse und brüllendem Sturm so wie gestern. Zentimeter für Zentimeter nahm es seine neue Eroberung in Besitz. Nichts stellte sich ihm mehr in den Weg. Und dennoch, manchenorts gab es Menschen oder Tiere, die nicht einfach kampflos aufgeben wollten.

Lane hatte von Osten her etwas gehört. Ihr Hundeverstand ließ es nicht zu, die Schreie zu ignorieren. Sie musste herausfinden, was es war. Fragend, mit großen, braunen Neufundländeraugen hatte sie Wabe und Katrine angeschaut. Doch die beiden hatten nichts gehört und kümmerten sich nicht um sie. Also war sie auf eigene Verantwortung losgelaufen.

Zielstrebig steuerte sie auf die Stelle zu, von wo die Laute kamen. Ab und zu blieb sie stehen, hob die Nase in die Luft und versuchte, Witterung aufzunehmen, denn die Schreie waren seltener und auch schwächer geworden. Erst, als sie wenige Meter von dem ehemaligen Sielzug entfernt war, begann sie, mit dem Schwanz zu wedeln und durch das noch flache Wasser auf die bekannte Stimme zuzulaufen.

Als sie den Graben erreichte, sah sie Frauke im Schlamm um ihr Leben kämpfen. Sie war so schmutzig, dass sie sich von ihrer Umgebung kaum abhob. Nur der Kopf und ein Teil der Arme, die das Butterfass immer noch umklammert hielten, schauten heraus. Hätte ihr das Fass nicht Auftrieb gegeben, wäre sie längst versunken und erstickt.

Lane sprang aufgeregt am Rande des Grabens hin und her. Sie wollte zu Frauke und witterte, dass sie in Gefahr war. Aber wie sollte sie ihr helfen? Sie konnte sie doch nicht erreichen. „Lane!" rief Frauke mit letzter Kraft. „Hol Hilfe! Lauf!" Aber Lane hatte ihren Namen gehört. Sie lief also nicht fort. Sie bellte ein paar Mal, und dann sprang sie. Sie sprang in die dickflüssige Masse und versuchte, Frauke zu erreichen.

Der Schlamm verklebte sofort Lanes dickes Fell und machte sie um einiges schwerer. Sie hatte große Mühe, sich fortzubewegen und den Kopf über dem Schlamm zu halten. Lane keuchte vor Anstrengung, als Frauke ihr schließlich in das Fell griff und versuchte, sich an das Tier heranzuziehen. Dabei drückte sie Lane ungewollt noch tiefer in den Schlamm, so dass von ihr fast nichts mehr zu sehen war. „Nun sind wir beide verloren", dachte Frauke, als sie plötzlich mit dem Bein an etwas Hartes stieß. Sie hatte den Steg berührt, der, mit Schlick bedeckt, nicht zu sehen gewesen war. Schnell ließ sie Lane los. Das Butterfass hielt sie dabei immer noch unter dem linken Arm fest.

Tatsächlich war da etwas Festes in dem tödlichen Brei. Frauke zog sich mühselig an den einfachen Steg heran, der über den Graben führte. Neue Hoffnung gab ihr die Kraft, zunächst das Knie über die Balken zu schieben und sich dann schließlich bäuchlings darauf Halt zu verschaffen. Völlig entkräftet vom vielen Strampeln hing Frauke der Länge nach auf dem Steg. Sie war kurz davor, die Besinnung zu verlieren, als sie im Augenwinkel Lane wahrnahm, die sich kaum noch bewegte. Ein Büschel Haare schaute aus dem Schlamm, und die schwarze Nase war nach oben gereckt. Im nächsten Augenblick würde sie für immer im Schlamm versinken. „Lane hat sich für mich geopfert! Der gute Hund, mein einziger lebender Gefährte“, dachte sie. „Halt durch!“ sagte sie mehr zu sich selbst als zu dem Hund, „du darfst nicht sterben!“

Instinktiv griff Frauke nach den Vorderbeinen des Hundes, der mehr tot als lebendig noch versuchte, zu ihr zu gelangen. Sie rutschte wieder von dem Steg herunter, klammerte sich aber mit den Beinen an den Seitenbalken. Das Butterfass fiel ihr dabei aus dem Arm und trieb zur Seite. „Einerlei!“ dachte sie. Das treue Tier war ihr wichtiger. „Komm, Lane, halte durch!“ Mit beiden Händen zog sie die Hündin zu sich heran, bis sie deren Vorderpfoten über dem Steg hatte. Mit beiden Händen drückte Frauke die Hundepfoten auf den Steg, damit sie nicht wieder abrutschen konnte. Lane winselte mit weit aufgerissenen Augen. Sie bekam kaum noch Luft, und durch den Schlamm im Fell war sie so schwer geworden, dass sie sich selbst nicht mehr hochziehen konnte.

Der Steg war etwa handbreit vom Schlamm bedeckt, so dass er nicht zu sehen war. „Komm, Lane! Wir schaffen es. Bleib bei mir!“ Lane winselte wieder, und Frauke kämpfte mit den Tränen. „Wie viel Leid kann ein Mensch innerhalb von ein paar Stunden ertragen“, fragte sie sich. Mit dem Mut und der Wut der Verzweiflung griff sie Lane in das klebrige Fell und zog sie mit aller Kraft längsseits an den Steg heran. Sie klemmte ihre Füße hinter den schmalen Steg und fasste mit beiden Armen um Lanes Brust. Dabei musste sie sich so weit vorn über beugen, dass sie ihr Gesicht in den Schlamm tauchen musste.

So zog sie Lane mit unendlicher Mühe halb auf den Steg, fasste mit der linken Hand nach dem Ansatz der Rute und ließ nicht nach, bis der Hund, der beinahe so schwer war wie sie selbst, neben ihr auf dem Steg lag.

Frauke hatte sich durch das Gewicht des Hundes die ganzen Arme am Holz aufgerieben, doch sie spürte nichts davon. Sie zog die Knie unter den Bauch und versuchte, sich aufzurichten. Sie musste von dem Steg herunter und festen Boden unter die Füße bekommen. Doch, wenn sie sich hinstellen wollte, zitterten ihre Beine so sehr von der Überanstrengung, dass sie sich gleich wieder hinsetzte.

Lane bewegte sich nicht mehr. Lebte sie überhaupt noch? Frauke schob ein Bein unter den dicken Hundekopf, damit er nicht im Schlamm lag. Sie hatte nichts, womit sie sich oder dem Hund das Gesicht hätte abwischen können. Beide sahen aus wie zwei graue Gestalten aus einer anderen Welt. Ein paar Meter entfernt von ihr schwamm das Butterfass mit dem frischen Wasser darin. „Nein, ich werde nicht freiwillig wieder in diesen Sumpf steigen, selbst, wenn ich hier und jetzt zugrunde gehe!" schwor sie sich. Mit der flachen Hand strich sie Lane den Schlick von der Nase und von den geschlossenen Augen. Mit den Fingerspitzen bohrte sie sich durch das Fell zu Lanes Hals durch und suchte nach der Halsschlagader, aber sie konnte nichts fühlen. Wie sollte sie nur den Hund vom Steg herunter bekommen? Bald würde die Flut einsetzen, und wenn sie bis dahin nicht auf der Warft waren, war alles umsonst gewesen.

Lane zuckte mit einem ihrer Schlappohren, doch das hatte Frauke nicht bemerkt. Sie schaute zum Horizont und maß die Entfernung des Wassers mit ihren Blicken. Plötzlich kam ihr ein Gedanke. Ihre dicken, nassen Röcke behinderten sie nur, und vor wem sollte sie sich hier schämen? Es gab niemanden weit und breit, der an einer Frau ohne Röcke hätte Anstoß nehmen können. Kurzerhand löste sie die Ösen und Haken und ließ die schweren Röcke fallen. Welch eine Erleichterung!

Wie sie die Röcke so auf dem Steg liegen sah, kam ihr eine Idee, wie sie Lane vielleicht fortbewegen konnte. Sie zog das Band am

Bündchen des Rockes ganz zusammen und verknotete es. Dann schob sie den weiten Saum Stück für Stück unter Lanes Körper hindurch. Auf dem schlickigen Boden rutschte es relativ leicht. Als Lane fast vollständig in dem Rock verschwunden war, nahm Frauke ein Stück des Saumes wie einen Zipfel in beide Hände und zog Lane wie in einem Sack nach und nach an das Ufer.

Sie schaute sich um. Noch etwa zweihundert Meter bis zur Warft! Als sie nach oben zum Himmel blickte, wie, um Antworten auf ihre ungestellten Fragen zu bekommen, wurde ihr schwindelig und übel. Sie musste sich übergeben. Sie hatte sich zu sehr überanstrengt. Ihr Kopf brummte, als ob darin ein Bienenschwarm war. Dann wurde ihr schwarz vor Augen, und sie sank neben den Hund. Lane blinzelte und zuckte abwechselnd mit den verkrusteten Ohren, aber sie rührte sich nicht.

41

Katrine, Wabe und Fedder standen um das Floß herum und begutachteten ihr Werk. Vor ein paar Tagen hätten sie den Erbauer noch ausgelacht und ihn gefragt, was für ein hässliches Ding das sein sollte. Aber inzwischen galten andere Maßstäbe. So viel wie möglich musste so sicher wie möglich aufgeladen werden können.

Zu dritt hatten sie die alte Truhe vom Boden heruntergeschafft. Fedder hatte sie auf dem Floß festgeschraubt und an ihrer Stirnseite den Mast des Flügelsegels befestigt. Taue von der Spitze in alle vier Richtungen sicherten den Stand. Die Truhe war gefüllt mit Kleidung, Hausrat, Nahrung, Bettzeug und anderen wichtigen Dingen, die sie meinten, für die Reise oder einen Neuanfang zu brauchen.

Vor der Truhe, rechts und links neben dem Mast, war je ein Fass angebunden. In dem einen befand sich Getreide, in dem anderen getrocknetes Fleisch und Käse. Frisches Wasser hatten sie nicht, denn der Brunnen war in der Nacht bei der Springflut mit Salzwasser voll gelaufen. Es gab nur ein paar Reste Bier, Milch und Saft, die sie in

Tonkrügen in der Truhe verstaut hatten. Auch ein paar Paddel hatte Fedder aus Brettern hergestellt und sie neben der Truhe befestigt.

Das Wasser war weiter angestiegen und hatte die Warft erreicht. Sie hatten sich überlegt, dass sie, wenn das Wasser das Floß zu tragen begann, sich mit der Flut in Richtung Festland treiben lassen wollten, um dann dort nach einer Bleibe zu suchen.

Die Zeit, die sie auf dem Floß sitzend und auf das Wasser wartend verbrachten, kam ihnen wie eine Ewigkeit vor. Fedder saß auf der Truhe mit Katrine und hielt sie im Arm. Sie weinte leise vor sich hin. Sie konnte nicht begreifen, was mit ihnen geschah. Gestern Morgen war die Welt noch in Ordnung gewesen. Wie alle jungen Mädchen hatte sie sich verliebt und sich auf das Erntefest im Dorf gefreut. Und nun saß sie da, in Fedders Armen, und war so unglücklich wie nie zuvor.

Wabe waren die Hühner wieder eingefallen. Sie lief schnell auf den Boden, um sie einzufangen. Sie würden eine große Bereicherung sein, entweder als Nahrung oder als Tauschobjekt. Mit geübtem Griff hatte sie sie schnell gepackt und wieder in die Weidenkiepe gesteckt, in der sie vorher schon einmal gewesen waren. Ein aus Weidenzweigen geflochtener Deckel verhinderte die Flucht. Wabe legte ihnen sogar etwas Heu hinein, damit sie es bequemer hatten. Als sie das Heu mit den Fingern zusammenkratzte, kamen ihr vier Eier entgegengerollt. „Welch ein Glück im Unglück!“ dachte sie und legte die Eier zu den Hühnern in die Kiepe.

Wabe schaute sich noch ein letztes Mal um. An der Stelle, wo einmal der Stall angebaut gewesen war, begann das Dach, sich zu lösen. Die Wand darunter hatte schon große Risse. Wabe wusste, dass das Haus dem nächsten Sturm, der gewiss bald folgen würde, nicht standhalten konnte und dass eine Reparatur unter diesen Umständen unmöglich war. Sie verabschiedete sich leise von dem Ort, an dem sie die letzten achtzehn Jahre gelebt, geliebt, gelitten und gearbeitet hatte. Dann nahm sie entschlossen die Kiepe hoch und stieg die Treppenstufen hinunter, von denen sie jede einzelne am Knarren erkennen konnte.

Fedder nahm ihr den Korb ab und befestigte ihn auf einem der Fässer. Das Wasser unterspülte schon sachte das Floß, als Wabe schließlich mit einem großen Schritt auf das skurrile Gefährt ihren Besitz endgültig aufgab. Weder Katrine noch Wabe, die jetzt zusammen auf der Truhe saßen, sahen hoch, als Fedder, mit dem Paddel gegen die Warftschrägung drückend, das Floß mit der Strömung um den Jahrhunderte alten Hügel herumlenkte. Er war froh, dass die Konstruktion hielt. Es knarrte zwar mächtig im Gebälk, aber es schwamm.

42

Lane erholte sich wieder, hatte aber schrecklichen Durst. Sie wollte immer wieder ihr Fell säubern und leckte den ausgetrockneten, salzigen Schlamm. Schließlich gab sie es auf. Frauke lag neben ihr und bewegte sich nicht. Sie schubste sie mit ihrer verklebten Nase an, leckte an ihrem Ohr, aber Frauke zeigte keine Reaktion. Lane schaute zum Haus und steckte in dem Konflikt, dort hinzulaufen und Hilfe zu holen oder bei Frauke zu wachen. Sie sah auch, dass die Warft von glitzerndem Wasser umgeben war, das sich ihnen näherte. Lane erkannte darin allerdings nicht die Gefahr, sondern eher ihr Verlangen, zu trinken und zu baden. Doch sie blieb sitzen. Sie legte eine Pfote auf Fraukes Taille und kratzte an ihrer Kleidung, so wie Hunde es manchmal tun, wenn sie betteln. Sie wollte jaulen, aber es kam nur eine leises Winseln dabei heraus. Sie konnte nichts tun. Also legte sie sich wieder neben Frauke und wartete.

Eine lange Zeit verging. Lane blinzelte ab und zu, um zu sehen, was Frauke machte. Aber Frauke rührte sich nicht. Schaum kräuselte sich auf einmal um Lanes Pfoten. In kurzen Schüben rückte die Flut heran. Schon benetzte das Wasser Lanes Schnauze, die auf ihren Pfoten abgelegt war. Eine trockene rosa Zunge fuhr heraus und leckte über die Nase. Schönes, kaltes, erfrischendes Wasser, aber leider war es salzig.

Auch Fraukes Körper wurde vom Wasser umspült. Ihre Haare wogten leicht an der Oberfläche. Lane war kein Rettungshund, aber sie ahnte, dass Fraukes Nase nicht mit Wasser bedeckt sein durfte. Sie schubste Frauke noch einmal an. Als das alles nichts nützte, schob sie ihre Schnauze unter ihren Hals und kroch weiter, bis Fraukes Kopf auf ihrem Rücken ruhte. Ein bisschen Zeit war gewonnen, aber das Wasser stieg weiter. Es war ein komisches Gefühl, wie das Wasser den Schlamm in Lanes Fell langsam wieder auflöste. Sie fühlte sich immer besser, obwohl sie vor Durst nicht bellen konnte.

Irgendwann war der Augenblick gekommen, dass Lane Fraukes Kopf nicht mehr hoch genug halten konnte. Er rutschte immer wieder seitlich von Lanes Rücken ab. Gleichzeitig merkte sie aber auch, dass Frauke leichter wurde und durch das steigende Wasser auftrieb. Vielleicht rutschte sie auch deswegen immer ab.

Frauke hatte ein Tuch um ihre Schultern, das sie auf der Brust zusammengeknotet trug. Als sie erneut von Lanes Nacken abrutschte, fasste Lane schnell das Schultertuch mit ihren Fängen. Der Knoten blieb unter Fraukes Kinn hängen, so dass Lane Fraukes Kopf über Wasser halten konnte. Es war noch nicht so tief, dass Lane schwimmen musste, aber, es fehlte nicht viel daran. Mit Frauke sozusagen im Schlepptau strebte die Hündin auf das Haus zu. Es zeichnete sich dunkel gegen den abendroten Himmel ab. Plötzlich kam etwas Merkwürdiges ins Bild. Ein Gebilde schwamm um die Warft, dass sie noch nie zuvor gesehen hatte.

43

„Da ist ja Lane!“ schrie Katrine und zeigte mit dem Finger in ihre Richtung. „Was hat sie denn da in der Schnauze?“ fragte Wabe. „Sie versucht irgendetwas zu ziehen.“ „Wir müssen sie holen“, sagte Katrine und rief den Hund: „Lane! Hierher, komm!“ „Das Floß treibt zur anderen Seite, wir kommen dort nicht hin!“ meinte Fedder. „Dann hole ich sie.“ Katrine kämpfte schon wieder mit den Tränen. Sie war mit Lane aufgewachsen und wollte sie nicht einfach im Stich lassen. „Nein, du bleibst auf dem Floß. Ich gehe!“ entgegnete Wabe entschlossen. „Fedder bleibt bei dir. Wenn mir etwas passiert, seid ihr jedenfalls zu zweit.“ Ohne weitere Debatte sprang sie von der schwimmenden Insel und stand sofort bis über die Knie im Wasser. Ihre Röcke schlangen sich beim Waten um ihre Beine und behinderten sie so sehr, dass sie nur langsam vorwärts kam. Etwa hundert Meter trennten sie noch von ihrem Neufundländer und dem, was er mit sich schleppte.

Um nicht weiter abzutreiben, warf Fedder seinen selbst gemachten Anker über Bord. Es war ein großer Stein, den er in einen Sack gesteckt hatte, welchen er mit einem Strick zusammengebunden und dieses dann an den hintersten Balken des Floßes geknotet hatte. Es klatschte und spritzte, als das schwere Gewicht ins Wasser plumpste.

Auch Wabe war plötzlich verschwunden, tauchte aber gleich wieder auf. Sie war über etwas gestolpert und konnte mit dem langen Rock, der an den Beinen klebte, kein Gleichgewicht halten. Katrine schrie auf, beruhigte sich aber gleich, als sie ihre Mutter wieder aufstehen sah. Katrine und Fedder beobachteten auch, dass Wabe immer schneller und hektischer wurde, je näher sie Lane kam. Gelegentlich schlug sie die Hände vor das Gesicht. „Was hat sie nur?“ fragte Katrine sich. Sie sahen mit Entsetzen, wie Wabe Lane schließlich ihre schwere Last abnahm. Im ersten Moment dachten beide, Fedder und Katrine, dass Lane Moder gefunden hatte. Aber schon an der Statur erkannten sie, dass es Moder nicht sein konnte. Dass es aber eine Frau war, das konnten sie sehen. Sie bemerkten auch, wie sich der Hund über Wabes Kommen freute, wenn die Begrüßung auch nicht so stürmisch ausfiel wie üblich.

Wabe hatte unter Fraukes Arme gegriffen und versuchte nun, rückwärts schreitend, zum Floß zu gelangen. Immer wieder taumelte sie, blieb stehen, fasste nach oder sackte zusammen. Die Last war zu schwer für sie. Schließlich konnte Fedder es nicht mehr mit ansehen. „Du bist hier sicher auf dem Floß, Katrine. Ich werde deiner Mutter helfen“, sagte er und sprang ins Wasser. Katrine sah zu, wie er, heftig mit den Armen rudernd, zu Wabe eilte. Mit ängstlichen Augen verfolgte sie alles, was geschah.

Was sie nicht sehen konnte war, dass die Mühle tatsächlich, wie erhofft, vom Haus loskam und sich mit der Strömung in Bewegung setzte. Daran hatte Fedder nicht mehr gedacht, als er den Steinanker fallen gelassen hatte. Er war ja Müllerlehrling und hatte keine Ahnung von Strömungen. Die Mühle, die jetzt nur noch drei Flügel hatte, trieb langsam und geräuschlos auf das Floß zu.

Fedder kam keuchend vor Anstrengung bei Wabe an, deren Finger sich in Fraukes Arme bohrten, damit sie ihr nicht wegrutschen konnte. Lane hatte keinen Grund mehr unter ihren Pfoten und musste schwimmen. Sie konnte auch wieder bellen und zeigte damit ihre Freude und ihre Aufregung.

Katrine schaute aus der Ferne zu. Die Mühle war knapp hinter ihr. Die restlichen drei Flügel trieben wie die Speichen eines großen Rades auf der Wasseroberfläche, das Gehäuse sah aus wie eine große Kiste. Fedder und Wabe hatten Frauke untergehakt und zogen sie rücklings zum Floß. In dem Moment, als sie sich gerade umgedreht hatten, sahen sie, wie die Mühle das Floß anschubste. Sie riefen noch laut und wedelten mit den freien Armen, aber es war zu spät. Durch den ungeahnten Ruck war Katrine gestürzt und hatte sich den Kopf so an der Truhe gestoßen, dass sie wie benommen liegen blieb.

Das Floß wich dem Druck der Mühle aus und drehte sich am Tau um den Steinanker. Die Mühle aber trieb weiter auf das Festland zu. Fedder und Wabe versuchten, schneller voranzukommen, aber gegen die Strömung war das sehr schwierig. „Wenn Katrine etwas zugestoßen ist, dann will ich auch nicht mehr leben!“ schluchzte Wabe. Alles schien auf einmal so hoffnungslos. Wabe war zum ersten Mal seit der verhängnisvollen Nacht wirklich nahe daran, die Beherrschung zu verlieren. Bis jetzt hatte sie immer einen sehr gefassten Eindruck gemacht.

Hier schwamm Fedders Mühle, dort brach ihr Haus zusammen, und im Hintergrund sahen sie die Ruinen der Kirche und einiger Häuser. Am Horizont ragte das unbewohnte Moor wie eine Scholle aus dem Wasser. Ausgerechnet das, was vorher niemand haben wollte, war nun übrig geblieben. „Lass los, Wabe, ich schaffe es alleine!“ Fedder packte Frauke unter den Armen und zog sie, während Wabe sich beeilte, zu ihrer Tochter zu kommen.

Lane war in der für Hunde eigenen Weise schon voraus geschwommen. Sie hielt sich mit den Pfoten auf dem Floßrand und wollte sich hochziehen, rutschte aber immer wieder ab. Sie schaffte es nicht, ihre Hinterbeine schnell nachzusetzen. Auch sie war mit ihrer Kraft am Ende. Sie jaulte und konnte nicht verstehen, warum Katrine ihr nicht half.

Inzwischen war auch Wabe beim Floß. Es schwamm jetzt in der Höhe ihrer Brust. „Katrine, was hast du? Bist du wohl auf?“ Sie zog sich bäuchlings auf das Floß und rutschte dann auf Knien und Ellenbogen zur Truhe. Ohne aufzustehen kroch sie weiter zu Katrine, nahm ihren Kopf auf ihren Schoß und klatschte ihr vorsichtig mit der Hand auf die Wange. Blut oder Verletzungen waren nicht zu sehen. Katrine stöhnte leise, was bedeutete, dass sie lebte. Dennoch öffnete sie nicht die Augen.

Nun kam auch Fedder mit Frauke beim Floß an. Er zog sie auf der anderen Seite an Bord, so dass das Gewicht gleichmäßig verteilt wurde. Frauke hatte noch immer kein Lebenszeichen von sich gegeben, obwohl ihr Puls spürbar war. Fedder legte sie auf die Seite, falls ihr übel werden sollte. Leider gab es im Augenblick nichts, was er ihr unter den Kopf hätte legen können. Sie bot ein Bild des Jammers, nur im Unterrock, der dazu noch völlig nass und verschmutzt war. Nass waren sie alle bis auf Katrine, die das Floß trockenen Fußes betreten hatte.

Nachdem Fedder Frauke so gut wie möglich versorgt hatte, zog er Lane auf das Floß. Sie hatte die ganze Zeit mit den Vorderpfoten auf der Kante liegend ausgeharrt. „Guter Hund“, sagte er und streichelte sie, „ohne dich wäre Frauke jetzt tot.“ Lane schüttelte sich das Wasser aus dem Fell und sah wieder frisch und sauber aus, ganz im Gegensatz zu ihren Menschen.

Erst, als Fedder den Steinanker wieder hochziehen wollte, bemerkte er, dass das Floß westlich des Taues trieb. Das bedeutete, dass der Versuch, zum Festland zu gelangen, fürs erste gescheitert war. Die Flut hatte ihren Höhepunkt erreicht, und das Wasser zog sich wieder zurück. Was konnten sie tun? Sich trocken fallen lassen und auf die nächste Flut warten? Mit der Ebbe versuchen, sich erst einmal zum Moor treiben zu lassen? Wieder zum Haus zurückkehren?

Wabe war nicht ansprechbar. Ihre Tochter war bewusstlos und ihre Schwägerin und Freundin so gut wie tot. Fedder überdachte alle Möglichkeiten und wog ab, welches das geringste Risiko sein würde, denn einen großen Vorteil konnte er in keiner Entscheidung sehen. Er entschloss sich schließlich, das Haus wieder anzusteuern, da es noch einigermaßen unversehrt aussah, und weil sie dort Frauke und Katrine am besten wieder auf die Beine bringen konnten. So waren seine Gedanken, als er schließlich den Stein wieder aufs Floß hob. Er nahm das Paddel in die Hand und versuchte, den Kurs, den die Strömung bestimmte, zu seinen Gunsten zu berichtigen.

Am Horizont waren wieder Wolken aufgezogen und hatten die letzten Sonnenstrahlen verdrängt. Auch wehte wieder eine kleine Brise. Einsamkeit verbreitete sich um sie herum. Alles grau in grau. Keine Menschenseele weit und breit. Eine Möwe begleitete sie. Lane hatte nur einen müden Blick für sie übrig. Wabe hielt Katrine im Arm. Beide lehnten sich an die Truhe. Katrines Kopf lag dabei auf Wabes Schulter. Sie war zwar noch etwas benommen, aber sie war wieder bei Bewusstsein. Auch Frauke hatte sich inzwischen einmal geregt. Sie hatte phantasiert und sich dabei gedreht. Fedder war schnell hinzu gesprungen, damit sie nicht hinunter fallen konnte.

Der Wind machte das Wasser wellig wie ein Waschbrett. Kleine Wellen schlugen unter das Floß und ließen es tanzen. Rumpelnd und klopfend kam es langsam voran. Fedder hatte auf einmal das Gefühl, dass er gar nicht gegensteuern musste. Es lief irgendwie ganz von alleine auf die Warft zu, die sich dunkel vor dem Hintergrund abhob. Einen Augenblick lang fragte er sich, ob das überhaupt die Warft mit Wabes Haus war, denn es kam ihm plötzlich viel größer vor. „Wir sind übermüdet und entkräftet“, dachte er sich, „ich fange an, Dinge zu sehen, die gar nicht da sind.“

Er blickte zurück, und seine Augen suchten das Festland, doch in dem einheitlichen Grau war der Deich nicht auszumachen. Das Einzige, was er sah, war eine Spur, die sie hinter sich herzogen, geradlinig, beinahe, wie mit dem Lineal gezogen. Sie lag jedoch deutlich über dem Wasser. „Das kann doch nicht der Deichweg sein?" wunderte sich Fedder. Rumpelnd ging die Fahrt weiter.

Frauke rührte sich wieder. „Hallo, wachen Sie auf! Kommen Sie, wachen Sie doch auf!" Ein Mann hockte neben ihr und sprach sie an. Er packte sie bei den Schultern und schüttelte sie. „Nicht wieder einschlafen! Sagen Sie doch etwas!" Frauke verdrehte die Augen, schloss sie dann aber gleich wieder.

„Wer war der Mann?" Wabe war sich nicht sicher, ob sie wachte oder träumte. Sie schaute nach vorne, um zu sehen, wie weit es noch bis zum Haus war. Rumpelnd ging die Fahrt weiter. Rechts und links huschte die graue Landschaft vorbei. Da war gar kein Wasser! Sie fuhren über das Watt! Wabe schloss die Augen für einen Augenblick und schaute dann noch einmal nach beiden Seiten, um sicher zu gehen. Sie sah Schlick, Lahnungen und schließlich vereinzelte Grasbüschel. Sehr verunsichert schaute sie sich um. Irgendwie hatte das Floß sich verändert, oder lag das nur an der Dämmerung?

Sie saßen nicht mehr an der Truhe, sondern auf einer Holzbank mit Rückenlehne. Der Boden war noch genauso aus Brettern wie vorher. Ihr Blick fiel auf Lane, die ruhig auf dem Boden ausgestreckt lag.

44

An der Lorenstation hatte sich eine kleine Schar Menschen angefunden, die auf Ketel Johannsen wartete, der mit der Lore auf dem Rückweg vom Festland war. Er hatte Einkäufe gemacht und einen Stammgast mit seinen Koffern nach Husum zum Bahnhof gefahren.

Lars, sein Sohn, war auch unter den Wartenden. Er hatte einen kleinen Elektrowagen mit Anhänger dabei, denn der Weg von der Lore zur Warft war zu weit, um den Einkauf zu tragen. Es war auch eine ganze Menge diesmal, denn die Vorräte waren aufgebraucht.

In der Ferne war die Lore nur ein dunkler Punkt, der nun immer näher kam und größer wurde. Das Geräusch des Motors drang schon an ihre Ohren. Immer näher kam das Gefährt. Es war schon schummerig geworden, so dass alle Farben ihre Kraft verloren hatten. Mensch und Maschine waren eins. Inzwischen war das Wasser wieder aufgelaufen und brandete in kleinen Wellen am Halligrand. Ein ganz normaler Halligtag ging zu Ende.

Als die Lore näher gekommen war, sah Lars, dass außer seinem Vater noch andere Menschen bei ihm waren. Erkennen konnte er sie allerdings nicht, dafür war die Entfernung noch zu groß. Lars fiel die Schule plötzlich wieder ein. Er überlegte, ob er wohl alle Schularbeiten gemacht hatte. Da er der einzige Schüler der Hallig war, konnte er sich nicht rausreden oder durchschummeln, so wie die Kinder auf dem Festland in den großen Klassen.

Der kleine Platz für die drei Loren der Halligfamilien war betoniert, so konnte jeder seine Lore sauberen Fußes erreichen. Ein paar Feriengäste warteten zusammen mit Lars. Es waren Leute, die immer im Herbst auf die Hallig kamen, weil es dann ruhiger und gemütlicher zuging als im Hochsommer. Sie waren Stammgäste, die Lars schon von klein auf kannte. Sie hatten ihren Abendspaziergang zur Lorenstation gemacht, weil auch sie sich von Ketel etwas vom Festland hatten mitbringen lassen.

„Wen Papa da wohl mitbringt? Er hat nichts davon erwähnt heute mittag, als er losfuhr!“ sagte Lars zu den Gästen. „Wir werden es ja gleich sehen“, sagte die Frau und zog sich die Kapuze über den Kopf, denn es hatte angefangen zu regnen. Die Lore hatte die Hallig erreicht. Vielleicht noch hundert Meter fehlten bis zur Station.

„Da liegen zwei am Boden und eine Frau sitzt auf der Bank. Das ist ja merkwürdig. Versteht ihr das?“ fragte Lars die altbekannten Gäste. „Nein, Lars, aber es wird für alles eine Erklärung geben. Schau, da liegt sogar ein Hund!“

Als Ketel in die Station einfuhr, dachte Lars, ihn müsse der Schlag treffen. Sein junges Herz überschlug sich förmlich. Er rannte zur Lore, sprang auf und war wie geschockt von dem Anblick. Sofort hatte er seine kleine Freundin vom Nachmittag wieder erkannt. Er kniete sich neben sie, nahm ihre Hand und sagte: „Mensch, Heide, was hast du? Was ist passiert?“ Für einen kurzen Moment schlug sie die Augen auf und sagte: „Ach Fedder, schön, dass du da bist. Lass uns nicht allein!“ „Fedder?“ fragte sich Lars laut, „wieso Fedder? Erkennst du mich nicht, ich bin doch Lars!“ Aber da hatte Heide das Bewusstsein schon wieder verloren. „Papa, was ist denn bloß passiert? Wieso sind sie auf der Lore, und wieso sind sie so schmutzig und verletzt?“ drängte Lars, um die Gründe zu erfahren. „Warte ab“, sagte Ketel, „wir bringen sie erst einmal auf die Warft und versorgen sie. Dann sehen wir weiter.“

45

Es war spät geworden, aber in der Gaststube der Neuwarft brannte noch immer Licht. Ketel musste bei Teepunsch und Gebäck erzählen, was sich im Watt abgespielt hatte. Um den großen Eichentisch herum saßen die Gäste, Tine Johannsen, Ketel, seine Frau Christine und Lars. Lena hatte sich unter dem Tisch verkrochen, nachdem sie eine ganze Schüssel frisches Wasser getrunken hatte und ließ sich von allen abwechselnd kraulen. Ihr Fell roch noch nach Schlick und nasser Wolle.

„So, nun erzähl schon!“ drängte Lars wieder. Alle saßen mit gespannter Miene da, den Blick auf Ketel gerichtet. „So spannend ist es nun auch wieder nicht“, begann er, „ich hatte alles vom Auto auf die Lore geladen und dachte noch, was für ein Schietwetter es war. Es hätte ja auch noch länger trocken und hell bleiben können. Aber nein, es musste regnen, und Wind war auch noch aufgekommen. Er hat von Süd nach Nordwest gedreht. Die Flut lief auch früher auf als normal. Na ja, das ist ja nichts Besonderes, das erleben wir ja häufiger.“ „Papa, komm zur Sache! Das wollen wir doch alles gar nicht wissen!“ sagte Lars ungeduldig. „Okay, jetzt kommt's“, setzte Ketel neu an. Da nie viel Aufregendes passierte und er gerne erzählte, wollte er die Gelegenheit ausnutzen und es spannend machen.

„Ich hatte schon den größten Teil der Strecke hinter mir und freute mich schon auf einen ruhigen Abend, als ich sie da im Wasser nicht weit vom Lorendamm entfernt sah. Ich dachte noch: wieder so ein paar verrückte Touristen, die nichts von Ebbe und Flut wissen und denken, sie können so losspazieren, wie sie wollen. Na ja, ich fuhr langsamer, um zu sehen, was sie vorhatten. Es sah so aus, als wollten sie auf den Damm klettern. Es war keine gute Sicht durch den Regen, und dunkel wurde es auch schon.

Plötzlich sah ich einen Menschen auf den Schienen liegen. Ich hatte die ganze Zeit aufs Wasser geschaut, zu denen, die sich dort bewegten. Ich konnte gerade noch rechtzeitig anhalten. Es war das Mädchen. Wie heißt sie doch noch, Lars?" „Heide!" kam es wie aus der Pistole geschossen. „Also, Heide lag da und rührte sich nicht. Offenbar war sie gestürzt und hatte sich den Kopf gestoßen. Aber ihr Puls war okay, und sie atmete. Deshalb trug ich sie vorsichtig auf die Lore und legte sie lang auf den Boden.

Unten im Watt waren die zwei Frauen. Die eine war scheinbar ohnmächtig, denn die andere versuchte, sie durch das knietiefe Wasser zum Damm zu ziehen. Ich sah, dass sie keine Kraft mehr hatte und selbst vor Erschöpfung beinahe umfiel." „Also hast du ihr geholfen", fuhr Ketels Frau fort, um die Sache zu beschleunigen. Ketel nahm unterdessen einen Schluck Teepunsch und genoss seinen Auftritt. „Ja, musste ich doch wohl. Sie hätten sonst alle ertrinken können. Die Flut wird den Damm heute Nacht überspülen." „Erzähl weiter!" sagte Tine. „Ich kletterte also die Steine hinunter ins Watt und beeilte mich, zu den Frauen zu kommen. Die müssen schon ganz schön gelitten haben, denn die eine phantasierte von einem Floß und nannte mich dauernd Fedder. Ich ging nicht weiter darauf ein, sondern nahm der Brigitte, so heißt sie doch, die andere Frau ab und schleppte sie zur Lore. Ich legte sie auf der anderen Seite der Bank auf den Boden. Auch ihr Puls und die Atmung waren in Ordnung. Ich weiß nicht, warum sie ohnmächtig war. Wie heißt sie eigentlich, wisst ihr das?" „Sie heißt Eva und ist die Schwester von Brigitte. Sie kommen übrigens aus Waabel", erklärte Großmutter Tine mit bedeutender Miene. „Na, dann hätten sie sich ja mit den Gezeiten auskennen müssen", meinte Ketel. „Sie sind ja auch rechtzeitig losgegangen", sagte Lars. „Ich habe sie sogar noch bis zum

Priel begleitet. Alles war in Ordnung. Das einzige, was ich komisch fand, war, dass Lena nicht folgen wollte.“ Er streichelte sie unter dem Tisch und fuhr fort: „Sie wollte einfach nicht durch den Priel. Ich bin dann gegangen, um den Hund nicht weiter zu verunsichern. Was war denn mit ihr, als du sie gefunden hast?“ „Ein Neufundländer kann ja gut schwimmen, dachte ich, und kümmerte mich nicht weiter um sie. Erst, als auch Brigitte sicher auf der Lore war, schaute ich nach dem Hund. Der hing mit den Vorderpfoten auf der Lore und schaffte es nicht, hinauf zuspringen. Ich weiß nicht, warum, aber er schien ziemlich fertig zu sein. Ich musste ihn mit aller Kraft hinauf hieven. Sein Fell war durchnässt und voller Schlick. Auch Eva war voll mit Schlick, als ob sie sich darin gewälzt hatte. Tja, morgen können wir sie ja fragen. Dann sind sie hoffentlich munter und ausgeschlafen.“

Alle atmeten tief durch, so als ob ihnen eine Last von den Schultern genommen war. Die Tassen waren geleert, und man saß noch einen Augenblick stumm da. Jeder versuchte, sich seinen eigenen Reim auf das Gehörte zu machen. „Eine merkwürdige Geschichte“, ergriff ein Gast das Wort. „Wir müssen jetzt auch zu Bett. Heute ist schon der elfte Oktober. Morgen ist unser Urlaub zu Ende.“

„Der elfte Oktober“, dachte Tine Johannsen und schaute auf das Gemälde an der Wand, das die Sturmflut von 1634 zeigte, wie ein Künstler sie sich vorgestellt hatte. „Heute vor 370 Jahren!“ dachte sie weiter, aber sie sagte nichts. Sie räumte das Geschirr ab und trug es zum Tresen, der die Küche vom Gastraum trennte. Das Abwaschen wollte sie auf morgen verschieben. Sie machte überall das Licht aus und ging dann in den langen Flur, der den ehemaligen Stall, der jetzt zum Gastraum umgebaut war, vom Wohnteil trennte. Der Flur war mit allerlei Sachen dekoriert, an denen die Besucher Interesse haben konnten. In der Ecke stand eine Vitrine mit einer alten Frauentracht, wie sie hier auf den Inseln und Halligen üblich war. Tine hatte sie von ihrer Mutter geerbt, die wiederum von ihrer Schwiegermutter und immer so weiter. „Schade“, dachte sie, „dass der Saum kaputt ist. Der Rock muss einmal angesengt worden sein.“ Die Reparatur war deutlich zu sehen. „Na ja, sie ist ja auch uralt, was soll's!“ gab sie sich zufrieden.

Auf dem Boden vor dem Spiegel, der in das Guckfenster zur Döns gebaut war, damit man heutzutage nicht in die Privatwohnstube hineinsehen konnte, stand ein altes Butterfass. Ketels Urgroßvater hatte es einmal im Watt gefunden, da unten, in der Nähe des Priels. Darauf stand nun ein hübscher Blumentopf. Tine zupfte ein paar welke Blätter ab und warf sie nach draußen vor die Tür. Sie schaute noch einmal über die weite, düstere Halliglandschaft, schloss dann die Tür und ging auch zu Bett.

Zum besseren Verständnis:

In diesem Buch kommen einige Ausdrücke, Namen und Bräuche aus dem nordfriesischen Sprachraum vor, die hiermit kurz erläutert werden sollen. Dabei wird alphabetisch vorgegangen.

Die Orte:

Beltringharder Koog

Dem Meer abgewonnenes und eingedeichtes Land, das nach dem Verwaltungsbezirk benannt wurde, der sich vor der Flut von 1634 etwa in diesem Gebiet befunden hat.

Esbüll

Kirchort auf der ehemaligen Insel Strand, untergegangen 1634.

Fuhle Hörn

Im Westen von Nordstrand, Abfahrtsort der Gespanne zur Hallig Südfall.

Hallig Südfall

Kleine unbedeichte Insel im Südwesten von Nordstrand, zu der man in geführten Gruppen oder mit dem Fuhrwerk bei Ebbe über das Watt gelangen kann. Südfall überlagert teilweise die sagenhafte Stadt Rungholt.

Hattstedter Marsch

Flache, tiefgelegene Mündungslandschaft der Arlau, aufgeschlickt durch die Sturmfluten und Landverluste von 1362. Die erste Bedeichung reicht zurück in das 15. Jahrhundert. Die HM liegt zwischen Hattstedt und Bredstedt.

Königsbüll

Kirchort auf der ehemaligen Insel Strand, untergegangen 1634.

Morsum

Kirchort auf der ehemaligen Insel Strand, untergegangen 1634.

Rörbeck

Kirchort auf der ehemaligen Insel Strand, untergegangen 1634.

Rungholt

Sagenhafter Hauptort der Edomsharde, untergegangen in der großen Mandränke von 1362. Detlev von Liliencron widmete ihm um 1900 eine Ballade: Trutz, Blanke Hans.

Salze Gräsung

Vom Salzwasser gelegentlich überspülte Weide westlich von Wobbenbüll.

Schobüll

Feriendorf an der Husumer Bucht.

Stintebüll

Kirchort auf der ehemaligen Insel Strand, untergegangen 1634.

Uthlande, Utlande

Die Uthlande sind die dem Festland vorgelagerten Außenlande im heutigen Kreis Nordfriesland. Die damaligen Inseln unterschieden sich sowohl in ihrem politischen Status als auch in ihrer sozialen Zusammensetzung deutlich vom Festland. Heute ist ein Teil der ehemaligen Uthlande im Meer versunken und teilweise durch Eindeichung und Landgewinnung zum Festland geworden.

Waabel, Wåbel

Friesischer Name für Wobbenbüll .

Wobbenbüller Schacht

Große Sandentnahmestelle zum Bau des Nordstrander Autodammes von 1933. Der Schacht ist zur Hälfte bewohnt und in das Dorf Wobbenbüll integriert, die andere Hälfte ist Weide.

Ausdrücke:

Alkoven

Schrankbetten, die in kleinen Wohnhäusern in die Stuben integriert waren.

Aufschlickung

An den Lahnungen wird bei abfließendem Wasser Schlick abgelagert, der mit der Flut kommt. So erhöht sie der Boden nach und nach und fällt mit der Zeit trocken.

De nich will diiken mut wiiken

Niederdeutsch: Wer keine Deiche bauen will, der muss weichen (gehen).

Deichgraf

Der Vorsteher eines Deichverbandes, der für die Anlage, die Unterhaltung und die Sicherheit der Deiche zuständig ist. Früher war es zumeist der Bauer mit dem meisten Land. (vgl. Theodor Storm, Der Schimmelreiter)

Döns

Kleine Wohnstube in friesischen Häusern.

Fething

Süßwasserreservoir auf den Halligen.

Fenne

Weide in der Marsch.

Gevollmächtigte

Die Gevollmächtigten eines Dorfes wären heute etwa mit den Mitgliedern des Gemeinderates zu vergleichen.

Harde

Harden waren Verwaltungsbezirke, die vermutlich während der Wikingerzeit entstanden. Sie umfassten mehrere Siedlungen, die gemeinsam die Verteidigung des Landes bestritten und Gericht abhielten. Vorsitzender war der Hardesvogt.

Hardesvogt, siehe Harde.

Hövetmann, Houvetmann

Hauptmann, aus dem Dänischen. Heute etwa zu vergleichen mit dem Bürgermeister eines Dorfes.

Kröger

Krugbesitzer, Gastwirt.

Lahnung

Doppelte Reihe von Pfosten im Watt entlang der Küste, die mit Reisigbündeln gestopft und fest verbunden werden. Siehe Aufschlickung.

Lore

Kleiner Wagen oder Ladefläche mit Antrieb auf Geleisen.

Neufundländer

Hunderasse, vorwiegend schwarzhaarig. Rettungshunde im Wasser.

Pharisäer

Typisches Getränk in Nordfriesland. Kaffee, Zucker, Rum und Sahnehaube (um den Alkoholgeruch zu verdecken, ursprünglich mit Rahm statt Sahne).

Plaggen

Heide oder Gras wurde mit der Oberflächenbewurzelung abgehauen und z. B. als Einstreu für die Ställe benutzt. Das ergab dann zusammen mit dem Mist einen guten Bodendünger.

Pricken

Orientierungszeichen für schmale, flache Fahrrinnen in der Nordsee wie z.B. Priele. Hier sind Pricken als Markierung des Weges gesetzt, damit man ihn auch bei Überflutung findet.

Priel

Wasserlauf, der sich durch die Gezeiten gebildet hat und durch den das Wasser auf- und abläuft

Schimmelreiter

Novelle von Theodor Storm

Siel

Künstlich angelegter Wasserlauf zum Entwässern des Landes. Das Hauptsiel leitet das Wasser in das Meer ab und kann bei Sturmflut durch Schleusen geregelt werden.

Warft

Künstlich aufgeworfener Hügel, auf dem die Häuser bei Überflutung in der Regel trocken bleiben.

Wehle

Gewässer, das nach einem Deichbruch innerhalb des Deiches stehen bleibt und nach und nach wieder verlandet oder als Binnensee vielfältig genutzt wird.

Sonstiges:

Ferner gab es im friesischen Sprachraum bis weit in das 19. Jahrhundert hinein den Brauch der patronymen Namensgebung. Das heißt, dass der Vorname des Vaters als Beinamen an den Vornamen des Kindes angehängt wurde, um Personen gleichen Vornamens voneinander zu unterscheiden. Es gab keine einheitlichen Familiennamen über Generationen wie in anderen Gegenden.
Hans Johannsen war Moders Mann, also wurde ihr Sohn Harre Hansen genannt, wobei das „sen“ als „Sohn von“ gedeutet wird. Harres Sohn Iven wurde Iven Harrsen oder auch Harring genannt. Frauen erhielten ein „s“ im Anhang. Wenn Katrine Fedder Lorenzen heiratet, dann wird sie Katrine Fedders genannt werden und nicht Katrine Lorenzen.

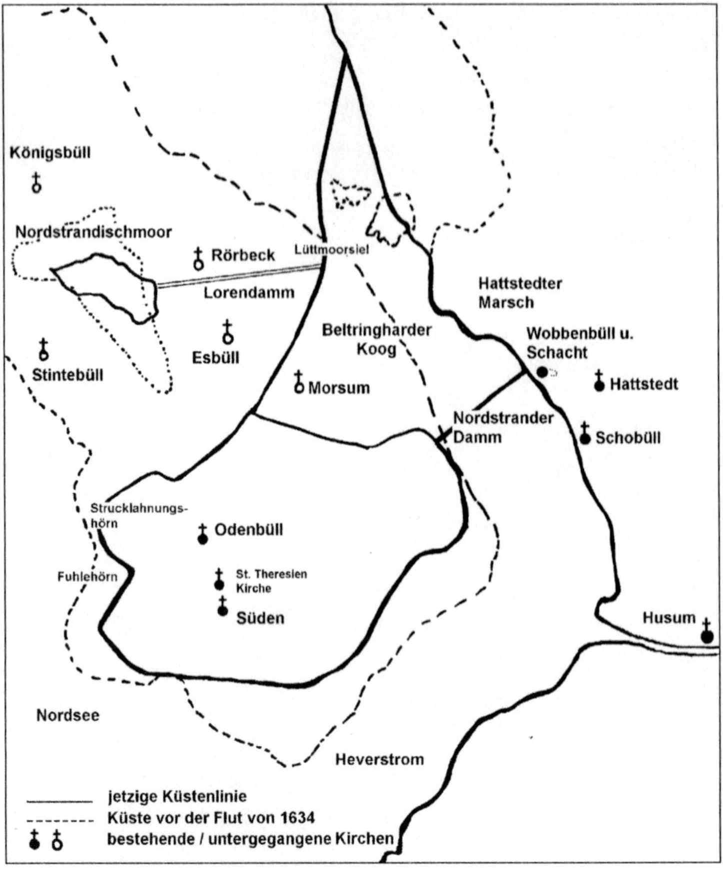